天下篇，逍遙遊
七星劍，葫蘆酒
你就這樣長身去了江湖
自天涯滄桑風塵回来的你
大鐘鳴鼓，琴瑟竽笙
高台厚榭，邃野之居
或人何在？或人何在？
你又帶書攜酒配劍
從眼前到天涯，一路過去

落花也有温柔的遠志
像人走向水涯
而裘褐為衣，棺桐三寸
張目奸逼切如大火逼你躍牆
身臨绝澗如閉目飛躍
而這一躍往何處去呢
流水也有悲壯的柔情

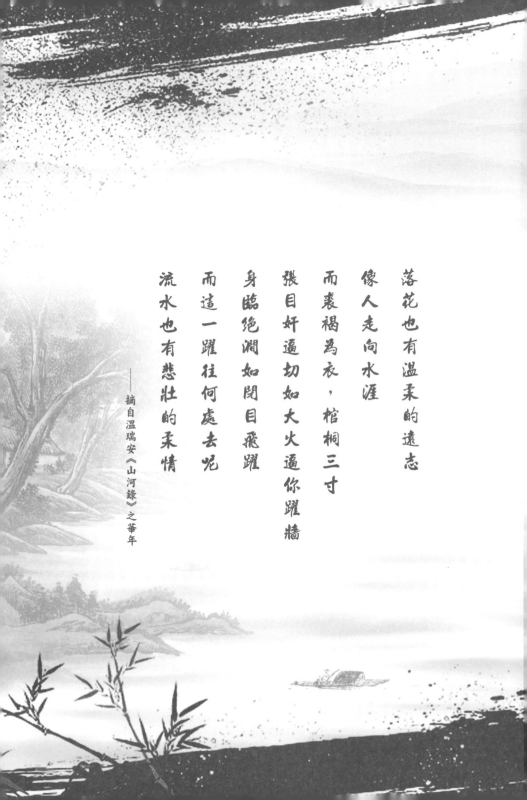

——摘自温瑞安《山河錄》之華年

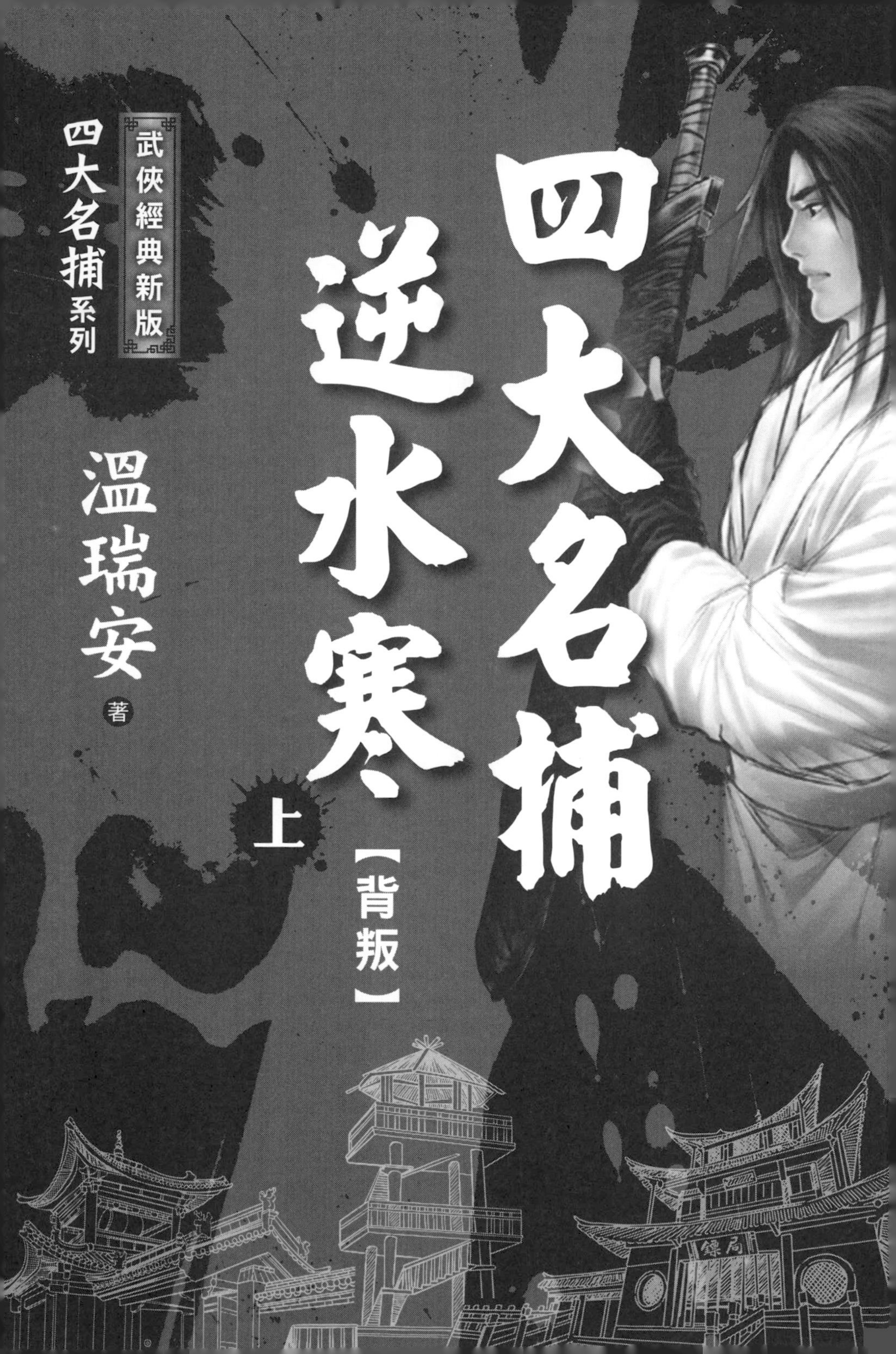
四大名捕
逆水寒
上
【背叛】
武俠經典新版
四大名捕系列
溫瑞安
著

《四大名捕逆水寒》系列總序

眼前萬里江山

溫瑞安

坦白說，我有時候也不大認得「四大名捕」，雖然他們四位是我一手帶大的，「供書教學」，「含辛茹苦」和「養育」了三十年。

我現在手上存有的版本，光是「四大名捕」故事，就有三百五十七種。沒收集的，沒看到的，沒遇上的，沒讀者寄來的，不在其數。其中有許多當然是翻版、盜印、假書、僞作。有的是其他名家的大作，也收入「四大名捕」門下，這是我「四大名捕」的榮幸。有的不是我寫的「四大名捕」，也充作「四大名捕」，甚至有人索性代我寫「四大名捕」，這也是「四大名捕」的福氣。不過，對有心支持閱讀「四大名捕」的讀者而言，買錯了書，只換回來一肚子的氣。

近日，加上了影視劇集不同的「四大名捕」在湊熱鬧，堪稱加油加醋還加孜然、麻油、指天椒，一時好不燦爛，這回，原著四大名捕不只是沾光了、掠美了，還吃不了嗆著喉，爲之撓舌不下，目瞪口呆，嘆爲觀止不已。

的確，「四大名捕」在別人的筆下，或在鏡頭裡、電視螢幕上，時常變了樣，嚴重「異化」了。他們各憑自己的觀感和需要，自行創作，甚至再造了名捕。於是，我們可以發現「四大名捕」從「人格分裂」到「精神分裂」，變成了以下各種「異象」：

・四大名捕不是靠智力查案的，而是靠武力肅清異己的，動輒殺個肝腦塗地，血腥暴力，永無止休，那裡像個執法捕快？有時，比強盜還不如，只不過是有「牌照」的殺手而已。其中，殺戮最重的當然首選「冷血」。因為我塑造「他的生命是一頭追殺當中的狂豹，既不能退後，便只有追擊」，正符合了殺伐的角色。

・四大名捕倒像是○○七占士邦。不斷冒險，不斷破壞，卻從來沒有建設。他（們）常常打擊奸惡，但他們的品德，卻往往比他們所打殺的奸佞還不如。而且，他們總是拿著令牌（鏡頭裡的令牌總像塊烤的不夠熟的四方月餅）到處「作威作福」，而且，還是個徹頭徹尾的「保皇黨」——也就是朝廷鷹犬。

・鐵手，顧名思義，一定是頭大無腦，腦大生草，四肢發達，頭腦簡單之輩！給他套個鐵拳手套什麼的，大凡是名捕裡鈍鈍的、草草了事，就挑他來扛，準沒錯！於是，我寫的鐵手，大家總當他是鐵饅頭！追命？喜歡喝酒？一定是酒鬼！於是，就把他拍成動輒醉個半死。失戀？喝酒！失意？喝酒！打輸了，喝酒！打贏了，還不喝酒於是，追命成了醉命——他那條命是從俠中酒仙的古龍大師借來的，不醉便沒命。

・尤有甚者，無情不藥而癒，無原無故的站了起來，不靠輪椅了。而且可能原籍東瀛、高麗甚至女兒身哩（奇怪，怎就不原籍馬來亞？釣魚台？中南海？）！有時候，劇情需要，情節需求，大家就把「四大名捕」畫、拍成四大圍毆一個他們要塑造形象的主角人物，甚至以眾欺寡打一個老人、小孩、女子什麼的，這一刻，「四大名捕」只成了犧牲品，還不如去當「四大名補」：補牙、補褲、補鞋、補鑊的好了！

・餘不一一，不勝枚舉。

以上當然都不是我筆下的「四大名捕」，也不是我所願見到的「捕快」；這樣的「捕役」、「馬快」，你只要碰上一個，恐怕也只有自認倒霉，更何況有四個之多。

人家說：完成了的作品已不屬於你的了，而是屬於大眾的。我想：幸好我寫了三十多年名捕系列，還沒完全寫完「四大名捕」故事，至少，還有點「屬於我的」補遺。不過，就算我已完成的部份，也給人「自行創造」的「面目全非」，那麼，真正的「四大名捕」原貌又是怎樣的呢？

人說三歲定八十，要知道一個人的真性情，還得看他少年青年時：無可奈何花落去，似曾相識燕歸來。一自美人和淚去，河山終古是天涯。看看他們以前是怎麼活過來的，就會知曉他們以後是怎樣活下去了。「四大名捕鬥將軍」，其實寫的就是少年時的四大名捕，如何應付他們平生首遇的強敵，如何翦除跟他們對立的大奸大惡，以及如何從磨練挫折中長成過來。跌倒了，就得爬起來，無論跌倒了多少次，都得要爬起來，不然，就是得認命，躺在那兒了——但我可沒說一定在跌倒的地方爬起來。年紀大了，知道先得爬起來，在那兒爬起來都沒關係，只要你爬了起來，等你老樹盤根，健步如飛的時候，才再回到跌跤的地方，表演渡水登萍、凌波微步也不遲。

我在「說英雄・誰是英雄」（八五年成書，比什麼英雄電影都早了一點點）系列第一部《刀》中，第一段就寫道：

這裡寫的是一個年輕人，一把劍，身懷絕學，抱負不凡，到大城裡去碰碰運氣，闖他的江湖，建立他的江山。

——他能辦到嗎？

烈火，鑄就了寶劍。

絕境，造就了英雄。

在我的感覺裡，四大名捕也就是這樣的年青人。眼前萬里江山的人，當然不怕小小興亡。

稿於二〇〇三年十月初。深圳、珠

江、湖南、湖北等電視台播映「四大名捕震關東」。
校於〇三年十月中。「四大名捕（會京師）」將在台灣中視、廣東公共台、湖南、湖北電視台首播。／「四大名捕鬥將軍」南方台首播。／「漫畫四大名捕」港版雙周刊轉周刊，銷售量躍升。／泰國最大出版社洽談「溫瑞安武俠系列」泰文版。

《逆水寒》風雲時代新版序

倚天萬里須長劍

溫瑞安

《逆水寒》看似一部描述逃亡的小說，其實，我寫的逃亡，只是對人生各種挫折與考驗的一種憬悟。

也許有讀者認為我寫的是自己某段時候的遭際，我只是將之誇張渲染而已。其實不然。我那段時期的境遇和冤屈，只怕遠遠尤甚於外間所傳的、外界所知的，甚至箇中牽連受累、糾纏消磨、折騰翻覆、偽善虛惡的，也遠比大家想像恐怖的多，也戲劇化的多。不過，我雖無意要公布這段往事，畢竟往昔已成夢影，就算飛夢也不能重返舊日神州、當年勇艷，何況，千古興亡多少事，不盡長江滾滾流。我一向愛作未來的夢、愛做未完成而一直愛作的事，所以，反而無意要為自己過去那段「逆水行舟意興寒」的遭遇用小說的行事立傳、存影。我只是寫一個故事，將「一路知交盡掩門」和「破家相容，在所不辭」之間的義與不義，深情與無情作一比照，其中行文，或稍有寄意，或略有影射，也在所難免；更重要的，我把它寫成武俠。按照我的說法，是把現實寫進武俠裡——而我的理念一項都是武俠在現實裡尋根的。

《逆水寒》恐怕是除了《四大名捕》和《神州奇俠》外，我作品中擁有最多讀者的小說了，能交給陳曉林先生主持的風雲時代在台推出新版，我有信心，肯定會是此書最有代表性的一個版本。

二〇〇四年一月三十日大年初九天公誕
甲申年第一篇文章成於香江新成立
「一點堂」

溫瑞安

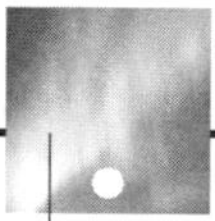

四大名捕逆水寒系列

逆水寒

上卷 背叛

目錄

一　報恩令

這世上，只怕沒有人比他更急了。

連他自己，也從來不曾這樣子急過。

胯下的坐騎，已經是第四匹了，一路來，他已騎斃了三匹馬，每趕一百五十里路，疲馬折蹄，垮倒道旁，可是，他仍是沒有停下來，歇一口氣。

只是，現在，虎尾溪已經近了。

他的馬箭也似的掠過一口道旁的水井，奔去尋丈遠，才驟然停住，一陣獵獵的衣袂風聲，他已掠至水井旁，打一桶水，自他的濯濯光頭淋下去，然後舀了一瓢子水，咕嚕咕嚕的伸脖子猛灌下去。他一直不明白寨上的哥們爲啥要在這裡掘一口井，現在，他才明白一口井水對趕路的人有多大的用處！

在井水旁樹蔭下的人們都呆住了，他們住在虎尾一帶，不可能沒有見過輕功，但肯定從來沒有見過趕路趕得那麼急的和尚！

他才灌完了一瓢水，木瓢子往桶裡一拋，「花」地一聲人已側掠上來，馬長嘶一聲，正要絕塵而去，忽聽一人疾問：「是不是管大師？」

那「和尚」目光在樹蔭下一掃，直似厲電一般，自襟中掏出一口木魚，「咯咯咯咯咯」敲了五下。

一名漢子自人群裡掠出，抱拳半跪行禮道：「屬下『鐵組』馮亂虎，拜見五當家。」

那「和尚」見同是「連雲寨」的人，便疾道：「究竟發生了什麼事？」

馮亂虎惶恐地說道：「我不知道，只是……」

和尚怒叱：「只是什麼，別吞吞吐吐，快說！」太陽照在他光頭上，原先淋濕的部位全蒸發著騰騰熱氣。

馮亂虎鬢邊也在淌著汗：「我只聽說，大當家和大寨主發生了事情，急著要您回去。」

和尚再不打話，吆喝了一聲，策馬飛奔；那馮亂虎也掠上一匹馬，待要追時，和尚的馬已經只剩下前面一個黑點。

和尚一手執轡，一手拿木魚敲響了五下，寨上的人道：「哦，原來是五寨主。」

和尚沒好氣的叱道：「怎麼一路上沒幾個守衛，不怕官兵摸上來麼？」

守寨的人只敢應：「是，是。」著人拉開寨門，和尚著馬奔入，裡面散佈有好幾處木閣，好幾面帳篷，一人正從一張大帳篷裡疾奔出來，向著他喚道：「師父！」

和尚認得那是平日大寨主、大當家及一眾兄弟商議大計的「生殺大營」，昔日截擊鐵手等人追捕「絕滅王」楚相玉，也是在這裡定議的，便問：「大寨主在裡面？」

奔出來接迎的青年俊秀的漢子道：「大寨主不在，大當家在。」

和尚聽得心中一沉：敢情是大寨主出事了！自己欠下大寨主和大當家的恩情，無論發生了什麼事，都赴湯蹈火，在所不辭！

原來這和尚便是「四大名捕」故事之「毒手」裡：「連雲寨」中的五寨主「千狼魔僧」管仲一。「連雲寨」自從上次在虎尾攔截鐵手及伍剛中等人追捕「絕滅王」不逮，便圖自強革新，吸收了一名武功絕頂、智藝雙絕的高人顧惜朝，說來大寨主戚少商氣度極大，胸襟極寬，他重用顧惜朝，把「連雲寨」的基業，採取兩馬並轡的制法，同治共理，「連雲寨」本在戚少商手下已經兵強馬壯，人多浩蕩，加上顧惜朝盡展才華，「連雲寨」之聲威實力，更是扶搖直上。

「千狼魔僧」管仲一率領一支人馬原駐守邊陲，這日忽接到發自「連雲寨」總舵的飛鴿傳書，得悉總舵領導層有人出事，要管仲一「單騎回援」，管仲一素來服膺戚少商與顧惜朝，他曾經身受嚴重內傷，爲戚少商悉心以內力治癒，且全家亦爲戚少商所救護；顧惜朝也曾在一場官兵圍剿的戰役裡發兵救過他，他對兩人都欠下活命之恩，而今驚聞有人出事，他即不計生死，晝夜兼程，全力趕返，只想盡一己之能，粉身以報！

要知道江湖中的好漢，最怕便是欠下別人恩義難償，武林中復仇固然是司空見慣的事情，但報恩更是重大至要，欠下人情而恩將仇報的，都是教武林中人唾棄、蔑視的劣行！

「千狼魔僧」管仲一雖然是盜匪，但盜亦有道，尤重恩義，當下一跺腳，那俊秀漢子說道：「師父，您先見了大當家再說。」

管仲一躬身進了皮革大篷，背後的帳篷給他掀得「霍」地一響，管仲一只覺眼前一黯，許是剛才陽光太過猛烈，進得帳篷來，只覺很是陰涼，可能因趕路太劇之故，竟略為有些暈眩，幾要用手扶帳篷內的那根大柱子才穩得住步伐。

管仲一強自寧定心神，只見一個文士打扮的人，坐在面南紫檀巨桌之後，專心的雕鏤著個圖章，管仲一的驀然闖進，他的眉尖只略剔了那麼一剔，但始終不曾抬頭，這帳內氣氛，文士的精神，全都集中在他右手上執著的雕刀、左手拎著的印章上。

管仲一抱拳，澀聲喊：「顧大當家的。」

那文士揚了揚手，藍袍襯著白邊，袖裡的手更是白。管仲一即止住了聲，心裡卻有千百句話要問。

那文士又鏤刻了半晌，文靜得就像他身上穿的熨平無褶的藍袍一般。

管仲一的汗又一粒粒、一顆顆地冒了上來，遍佈他的頭頂髮根、下頷鬍髭上：「大當家——」

藍衣人揚了揚眉，左手輕輕地把印章放置木桌上，只見他的臉色在黝黯的光線裡塗了一層白粉似的：「你來了？」聲音虛弱低沉，似斷若續。

管仲一道：「顧大當家，究竟發生了什麼事？」

藍衣人當然就是顧惜朝。他垂眸沉面低速的道：「管大師，你真難得，我們的還恩令一下，你是第一個到。」

管仲一道：「應該的，我欠下顧大當家的恩情，刀山火海，都要趕來……不知戚大寨主他——」

顧惜朝嘆了一口氣，把右手小雕刀徐徐貼近鼻前，凝神細看，一面說：「你也欠下戚寨主的恩義是罷？」

管仲一顫聲道：「戚大寨主他，他——出事了？」

顧惜朝嘆息，搖頭，再看著自己的刻刀，就像一不小心就會把這珍貴的小刀弄折似的。

管仲一踏前兩步，已到了顧惜朝桌前，雙手緊抓桌沿，才控制得住心頭的激動：「他出了什麼事？快說！」

顧惜朝喃喃地道：「看來，在你心目中，他比我更重要了？」

管仲一一呆，沒聽清楚：「什麼？」倏地，雙指一彈，顧惜朝手中的刀急電也似的飛射而出！

管仲一只覺心口一麻，背後一痛。

「奪」地一聲，刀釘入背後隔七尺遠的柱子之中。

刀柄兀自搖晃。

刀不沾血。

管仲一低頭才驀地發現自己的心口穿了一個洞，正在汩汩流血。

他才醒悟那一刀是自他身體穿過去的。

他念及此，雙手用力抓住桌沿，以致那麼堅固的上好檀木桌子，也發出裂裂之聲，而桌上的文房四寶，也在震動中互相碰擊著，他抖哆著的聲音，也在嘶響著：「你……爲什麼……」

顧惜朝充滿惋惜的看著他，遺憾的道：「我也沒有法子。」

管仲一啞聲道：「我是爲報恩而回來的，你卻——」語音驟然而止，喀喀兩聲，檀木給他抓裂兩塊，捏在手裡，緊緊不放，人也「噗」地滑下，終於仆倒斃命。

顧惜朝猶自喃喃道：「誰叫你的恩人不只一個呢？」他搖搖頭又道：「我不殺你，又如何殺他？殺了他，豈不是要防著你報仇？我要他死，要他孤立無援，就必需要先殺你，再殺他。」

這時，那俊秀的漢子閃了進來，垂手而立。

顧惜朝目光也不抬，只淡淡地道：「你師父死了。」

那俊秀的漢子道：「他不是我的師父。」

顧惜朝道：「哦？」

俊秀的漢子道：「我是奉大當家之命拜他爲師，學全了他的絕技後，好爲大當家效命的。」他冷峻地道：「我跟他，只是一個任務要完成，全無師徒之情。」

顧惜朝道：「這樣最好；」微笑拍拍俊秀漢子的肩膀，道：「他驅飛禽走獸的絕活，你可學會了？」

俊秀的漢子恭聲道：「幸不辱命。」

顧惜朝微笑道：「青出於藍？」

俊秀的漢子目光閃動，道：「他會的，我全會；我會的，他不會。」

顧惜朝笑道：「好個郭亂步，不枉我栽培你的一番心血。」

俊秀漢子郭亂步道：「馮亂虎、張亂法、宋亂水、郭亂步身受大當家深恩，當鞠躬盡瘁，死而後已。」

顧惜朝聽了也沒什麼表情，只道：「他日的富貴榮華，當與你們共用，不過，」他頓了一頓，眼中放出異彩：「當前之急，便是先殺戚少商。」

郭亂步道：「大當家放心，都準備好了。」

顧惜朝剔一剔眉：「我的安排？」

郭亂步答：「一切無誤。」

這時，帳篷之外忽傳來響亮的語音：「屬下『銅組』張亂法，有事稟報。」

顧惜朝揚聲道：「進來。」

一名虎虎生風、凜然有威的漢子跨步走了進來，稟道：「戚少商，勞穴光、阮明正、勾青峰已到山下了，正上山來。」

顧惜朝緩步過去，手徐按在木柱上的小刀，沉思一下，忽道：「收拾掉管仲一屍首，記住，要一根頭髮都不留下；」說到這裡，嗖地拔出小刀，刀滑入袖，瞬間不見，他斬釘截鐵地道：「計畫照樣進行！」

他的計畫有個非常簡單的名字，就叫做：

「殺無赦」！

◇◇◇

戚少商、勞穴光、阮明正、勾青峰他們進入帳篷的時候，帳篷內早已找不到一滴血。

帳篷內擺下了五張檀木大椅，顧惜朝起身，向四人揖道：「大家辛苦了。」又道：「大哥請上座。」

戚少商道：「還拘這俗禮幹什麼？二哥受傷了，要趕快救治才是。」

只見勞穴光一身是血，身上至少有七八處傷痕，最輕的一處，是右臂至右脅，有一道深約四分、皮肉向兩邊翻起、可見模糊筋血，看來是給人用槍戟之類的長重兵器搠傷的。其餘額髮盡被火灼傷，傷得甚重。

顧惜朝驚道：「二寨主受傷了？」

勞穴光臉目森冷，卻臉不改容地道：「皮外傷，不礙事的。只是那些狗強盜，一次比一次來得兇猛，藉圍剿我們連雲寨之名，把這方圓數百里的七處村鎮狂搜暴掠，打家劫舍、姦淫殺戮，無惡不作，事後統統賴在我們連雲寨的帳上，真是豬狗不如。」說著甚是悻然。

阮明正要勞穴光坐下，替他敷搽傷口，並用小刀把霉肉爛處，挑剜出來，勞穴光冷哼道：「要不是戚大哥喝止，我一定衝下去跟他們廝拚個你死我活！」

戚少商道：「勞二哥，您別動氣，那干人是奸相傅宗書派來的，其中領頭的兩個將軍，一個叫『神鴉將軍』冷呼兒，一個叫『駱駝老爺』鮮于仇，這兩人，不比上幾次派來的庸官儒將，只要稍施法度就可以殺他個落花流水。」

阮明正道：「他們是常山『九幽神君』的三徒及四徒，被傅宗書收攬過去，這次他們調兵遣將，倒是來勢洶洶的……」

勞穴光冷哼道：「怎麼，來勢兇咱就怕了麼！」阮明正爲他刮傷療毒，他哼都不哼一聲。

◇◇◇

勾青峰身上也掛了彩，頭上也有傷，不過傷得不似勞穴光，他外號人稱「紅袍綠髮」，而今頭髮倒是一斑紅、一斑綠的，血塊子凝結下來，他亦不以爲意，笑道：「二寨主平日打雷都不開口，今日話倒是挺多的，這不是轉死性是什麼？」說罷自己哈哈大笑起來。

「連雲寨」的弟兄自己開玩笑慣了，勾青峰雖是六寨主，說話不知檢點，但大夥兒也不見怪。原來「連雲寨」八位寨主：即是「虎嘯鷹飛靈蛇劍」勞穴光、「賽諸葛」阮明正、「陣前風」穆鳩平、「千狼魔僧」管仲一、「紅袍綠髮」勾青峰、「金蛇槍」孟有威，「雙刃搜魂」馬掌櫃、「霸王棍」游天龍，聲勢已然甚壯，規模直追「武林四大世家」之「南寨」青天寨。

後來「九現神龍」戚少商獨闖連雲寨，以單手擊敗八大寨主，且連換八種完全不同的武功，令八名寨主爲之折服，更佩服他的才智識見，擁他爲大寨主，八大寨主才因而每人依次序降一級，連雲寨的聲勢因而更爲浩蕩，早已超出南寨。

惟在「毒手」一役中，「連雲寨」眾因保楚相玉，而與鐵手、青天寨及滄州時震東的部屬起衝突，八寨主「雙刃搜魂」馬掌櫃因而喪生，「連雲寨」寨主又回復到八人主政的局面。直至近年，戚少商效法自己加入連雲寨之先例，唯才是用，拉攏了顧惜朝及其四名部下，同主連雲寨，於是連雲寨聲威之壯，一時無兩，各方英雄好漢，紛紛投靠，同時也引起官府的注意，數度圍剿，都損兵折將，傷亡慘重，這一來，連朝廷也爲之側目，加派軍隊，暗遣高手，以平匪亂。

這些日子連番征戰，勞穴光等人身心皆疲，不過這一眾兄弟說笑慣了，自恃連雲寨心齊力壯，固若金湯，也不當是一回事。

勾青峰這樣說著時，阮明正便笑啐道：「狗嘴長不出象牙！」

顧惜朝笑著接道：「勞二哥真了不起，人說華陀替關雲長刮骨療毒，然查史實醫者決非華陀，而今阮三哥替勞二哥刮骨療傷，二哥臉不改容，三哥神醫妙手，倒是真箇讓我們親眼目睹，心折不已。」「連雲寨」原就是勞穴光和阮明正一武一文所創立的，不管戚少商還是顧惜朝，言語間對他倆仍是十分尊重。

勞穴光冷冷地道：「什麼臉不改容！你看，大汗疊小汗的，臉都黑一塊、白一塊呢！」勞穴光這樣一說，大家才發現他真的淌著冷汗，黝黑的臉膛也微微發白，不禁都笑了起來。

阮明正忍俊說：「快好了，你且再忍一忍罷。」

二 大刺殺

這時，馮亂虎走進帳篷裡來，手中捧著一個大盤子，盤子上，有一壺酒，五個酒杯。

顧惜朝徐立道：「四位兄弟，這趟辛苦了，我來敬四位一盃。」

戚少商道：「近來官兵攻勢怪異，忽緊忽鬆，還是商量大計要緊；我們是下山決戰，顧兄在此運籌帷幄，同樣是在做事。這酒，慢喝不妨。」

顧惜朝長嘆道：「各位跟我義結為盟，情同手足，你們每次下山殺敵，軍情緊急，兄弟我都心焦如焚，坐立不安，心想如果萬一各位出事，我該拚命赴死，也在所不惜，又恐遲緩片刻，營救無及，真如同水淹火煎，情急難奈……」他目中露出深厚的感情，「每次見各位哥哥能平安回來，兄弟的一顆心，才又轉活過來了，魂魄也回來了，但總覺自己是坐壁上觀，深覺慚愧。」

戚少商緊握著顧惜朝的手，道：「顧兄何出此言！您鎮守山寨，身繫一眾弟兄家室安危，遣兵調將，更是身負重任，況且，前些時候，顧兄也屢領軍殺敵，還喬裝打扮，混入皇城，潛殺奸相，只惜功敗垂成；但顧兄英雄肝膽，俠義千秋，兄弟我甚為佩服！您對我們情深義重，我們眾家兄弟何嘗不是懸念於您之安危，難以終寢！顧兄，咱們生死同心，您再說，就見外了。」

顧惜朝緩緩倒了幾杯酒，道：「無論如何，今次見各位兄弟回來，心裡總是高興，我來敬諸位一杯再說。」

勞穴光嘀咕道：「剛說不見外，又來見外了，這敬酒嘛，算什麼！要嘛，咱們一起對飲便是！」

阮明正道：「二哥，您傷勢重，不宜沾酒。」

勞穴光道：「我一生大大小小傷一、兩百次，也沒死得了，刀砍我都不怕，還怕酒不成！」

勾青峰道：「顧當家的這杯，我們倒是該喝的，就別分誰敬誰了。」說著雙手取了兩杯酒，一遞給戚少商，一遞給勞穴光，隨後自己拿了一杯。

顧惜朝自己拿了一杯酒，又把另一杯遞給阮明正，阮明正笑道：「管五弟回來了罷，怎不請他出來一起喝一杯？」

這輕描淡寫的一句話，顧惜朝卻如著雷擊的心房一震，口裡卻道：「要是管五弟回來就好了，大伙兒可以趁此聚一聚，唉，他獨個兒跟『雷軍』大員鎮守南塘，日以繼夜，可把這精壯的一條漢子苦瘦了。」一面打量阮明正的神色。

阮明正神色自若，淡淡地道：「哦？」

顧惜明舉酒道：「我敬諸位。」

勞穴光舉杯就喝，冷哼道：「太客氣就是廢話！」

阮明正仍是阻攔道：「二哥，你有傷在身，不宜多喝。」

勞穴光不聽猶可，一聽就仰脖子把酒喝完，道：「有什麼宜不宜的！只一杯，又不多喝！」

戚少商見勞穴光動了執拗脾性，微微一笑，跟勾青峰正要喝酒，阮明正道：「喝不得！」

顧惜朝心道要糟，阮明正外號「賽諸葛」，心細如髮，詭計多端，不知怎麼的教他給瞧破了，但又自度毫無疏漏，心裡正在七上八下時，臉上可淡定如斯，只見阮明正向他笑道：「大當家的，我想，那莽裂魯直的五弟還是來了，這樣跟我們藏著玩，不如叫他出來一起飲一杯吧。這兩個月來苦守南塘，我倒要看看他瘦了幾兩幾斤！」

顧惜朝細瞧阮明正的神色舉止，似並未發覺陰謀，只是斷定管仲一已回寨內，他百思不得其解何以讓阮明正瞧破，外表仍不動聲色，笑道：「你們都知道，五寨主的脾性，他說要躲一躲，給你們個驚喜，我且由他，卻不知三寨主是如何看出來的？」

阮明正笑道：「大當家的紫檀木桌，是上好的登城木，用刀砍也未必見功……」他沒有往下說，人人的目光都集中在大桌前兩處被抓裂的痕跡。

戚少商笑道：「管五弟的『廢神爪』功力又精進了。」

顧惜朝陪笑道：「五弟素來心急，倒少來這一套，一定有什麼喜訊，心情好，才會逗著咱們鬧。」

勾青峰瞪著眼睛問：「五哥呢？」顧惜朝道：「三哥猜得對，他倒是立了大功回來了。」

阮明正道：「什麼大功？」

顧惜朝用手一比道：「他殺了個惡名昭彰的狗官！」

阮明正喜道：「難道是黃金鱗？」

顧惜朝道：「三哥料事如神！」

阮明正不覺有些陶然；戚少商道：「黃金鱗這惡賊把三縣十六鎮的人全迫得造反，連團練也給他逼得倒戈相向，而且是奸相傅宗書的跟前紅人，專打小報告，誣陷毒害，無所不爲，他升官後，同僚清正之士，不是慘死，就變成了禍害，都是此人一手造成的；人稱爲民當官者爲『父母官』，百姓就給他取了個外號叫『無父母官』，其爲人亦可想而知。」

他頓了頓又道：「不過平日這黃金鱗爲人奸似鬼，今番居然給五弟逮著，也真是報應！」

顧惜朝道：「何止逮著，頭也砍下來了。」

勾青峰拍手笑道：「好五哥！」

阮明正道：「卻不知道五弟有沒有向他審問清楚，朝廷軍情如何？」

顧惜朝道：「我叫他自己來跟你說罷。」隨而向戚少商等道：「三位請坐。」

勞穴光本來就坐下來了，只是阮明正、勾青峰和戚少商還站著。

勾青峰道：「坐有什麼好？我站著！待會兒管老五來，我還要跟他較量較量，就不信他武功進步到這個地步！」他在「連雲寨」排行老六，跟管仲一剛好差一級，一直都不甚服氣。

顧惜朝只笑道：「你老是坐不住，也就罷了，但大哥三哥得要坐。」

戚少商道：「好端端的坐來作甚？我又不累。」

顧惜朝道：「五弟要把狗官首級，獻給諸位哥哥。」

阮明正笑道：「人頭？我可沒興趣，大哥坐吧，我還要陪在這裡看顧二哥。」

戚少商依言坐下。

郭亂步捧著一個大盤子，盤子上有隻大鍋罩著，走了進來。

勾青峰咋舌道：「老五真的把狗官的人頭烹來吃，我可沒胃口！」

戚少商奇道：「五弟呢？」

顧惜朝走近兩步，道：「他來了。」

戚少商道：「在那裡？」

郭亂步突然掀開了鍋蓋。

裡面的人頭，赫然便是管仲一！

戚少商大吃一驚，倏地，椅上疾彈出幾根鋼片，緊緊箍住了他的身子，另外椅靠突出四柄銳刃，直彈刺戚少商背心！

戚少商大喝一聲，內力運至背部，四柄刺中他背脊的利刃，一齊「崩崩崩崩」折斷！

只是在這刹那間，顧惜朝已經出手！

他出手如風，身法如電！

他一掌擊在戚少商胸膛上！

戚少商把內力全都集中在背後，震斷利刃，胸前硬受顧惜朝一掌，一下子，五臟六腑似全都離了位，血氣翻湧，自他眼、耳、口、鼻一齊濺湧而出！

戚少商眥眶欲裂，叫了一聲：「你——」血便自喉頭激噴而出。

顧惜朝冷笑，正要劈第二掌，驀覺手上一陣刺痛，連忙跳開，才發覺右腕已被對方內力反挫而脫臼。

他左手一搭右手關節處，「喀」的一聲，手腕已被他接駁上來。

就在顧惜朝全力暗算戚少商的瞬息間，場中已發生了許多劇變！

就在戚少商被眼前景象震住之際，勞穴光、阮明正、勾青峰也同時怔住——不僅是因爲震驚，同時也委實太過心痛和憤怒！

但在同一刹間，勞穴光的身子，也被椅上的機關扣住，椅背上四柄刀也疾刺而出！

不過阮明正卻在勞穴光身旁！

他武功雖不高，才智卻是高絕，反應更是一流。

他一掌劈在椅背上。

可惜他武功雖不高，這一掌未能將上好的紫檀木椅完全震碎，只震塌了一部分。

這時勾青峰的鐵枷也已到了，轟的一聲，把檀椅擊裂。

勞穴光一躍而起，背上亮晃晃的插著兩把利刃——阮明正那一掌只震毀了其中兩刃的機關，另外兩刃還是刺入勞穴光背裡。

勞穴光大吼一聲，但在同一瞬間，郭亂步手捧的鍋裡，蓬地灑噴出一蓬細如牛毛，藍汪汪的細針，激射向眾人。

阮明正掩護在勞穴光身前，一面扯他身退，一面用羽扇急撥，撥落細針，但手臂、腿上，已著了幾枚，勾青峰狂吼一聲，揮枷而上，攔在兩人身前，他的鐵枷大而沉厚，正好可以掩護。

他顧著掩護勞穴光與阮明正，沒防著馮亂虎躡步而入，一劍斬了進來。

阮明正大喝：「小心！」

勾青峰待要跳開，已著了一劍。

他們幾人乍逢偷襲急變，驚怒交加，但一時尚未意會過來是自己兄弟出賣，且要加害，所以處處失著，他們平日坦蕩心懷，視作手足，從沒想到有一日會倒戈相向，兄弟鬩牆，就連有「賽諸葛」之稱的阮明正，也一樣失算！

這時，郭亂步已抽出金鞭，馮亂虎也挺著鐵劍，躍到顧惜朝左右。

阮明正只覺傷口發麻，怒叱道：「你們——」

顧惜朝冷笑道：「你們完了。」

阮明正怒叱：「爲什麼？」

顧惜朝回答更直接，道：「朝廷招安，我們不能因爲你們的私念，阻礙了大好前程！」

勞穴光氣得血氣上沖，大吼一聲：「叛徒！」這一聲，宛若焦雷，他外號「虎嘯鷹飛靈蛇劍」，曾跟南寨「青天寨」老寨主「三絕一聲雷」伍剛中，先後比過內力、劍法、輕功，內功之高，遠在勾青峰等人之上，他這運氣一吼，連顧惜朝也楞了楞，像上天打了個霹靂，地上的人都有迅雷不及掩耳之震動。

勞穴光喝了一聲，驀地，自己抓緊了喉嚨。

接著，他五官都溢出血來。

黑血。

他喝下去的酒毒，已然發作。

勞穴光嘶聲慘嚎，像一盤火，正在他體內燃燒著，他傾盡鮮血，也無法將之熄滅。

顧惜朝笑了。

阮明正情急扶住勞穴光。

勾青峰掄枷衝向顧惜朝。

顧惜朝冷眼盯著他，只說了一聲：「開！」突地，帳篷下，勞、阮、勾三人所立足之處，裂開丈寬的一個大洞，裡面黑漆一片，腥風撲鼻！

阮明正腳下驟然一空，不及應變，一齊往下落去，勾青峰正發力想衝過陷阱，顧惜朝淡定的遙發一掌，把勾青峰迫住，這一逼，使得勾青峰也往下墜去！

就在這時，那猶在椅上的戚少商突然一揚袖，袖子像一匹白絹似的舒捲了出去，長及丈外，同時捲住勞穴光、阮明正和勾青峰，用力一扯，扯了回來！

只是勞穴光已經中毒，正在扭動掙扎著，「啪啪」一陣連響，竟扯裂了衣袖，往下掉去。

衣袖一裂，勞穴光又是最靠內的一人，登時使阮明正、勾青峰頓失所依，往下掉去！

勾青峰狂喊一聲：「二哥！」

忽「蓬」地一聲，戚少商的椅子，被震得四分五裂，戚少商哇地又吐一口血，長空掠起，一手抓住阮明正，一手揪住勾青峰衣領，險險落在陷阱邊緣。

只是顧惜朝也無聲無息地掠起，手裡多了一柄五彩璀璨的小斧，一斧就砍中戚少商！

戚少商身受重傷，提著兩人，又不能放，人才落地，只及一閃，銀斧掠頰而過，砍在戚少商的左肩上！

顧惜朝的五色小斧，專破一切內家罡氣，外家功力，這一斧，把戚少商的一隻左手，剁了下來！

血光暴現，同時間，戚少商一腳踢中顧惜朝右腿脛骨，顧惜朝吃痛跳開，匆叫道：「伏下！」

人隨聲倒，馮亂虎、郭亂步一齊扒下，帳篷大開，張亂法大喝一聲：「射！」亂箭似雨，破弩震空，向戚少商、阮明正、勾青峰三人射到！

戚少商、阮明正、勾青峰三人既不能身退：退後是陷阱，前面是伏兵，根本無處可躲！

勾青峰怒吼一聲，反衝上前去，揮舞鐵枷，邊嘶喊道：「老三，你快護大哥，走！」喊到「走」字，已著了七、八箭，但也擋得箭斷矢折，殺出一條血路，直衝出帳篷之外！

帳篷外，埋伏好的殺手，早已一湧而上，勾青峰越戰越勇，抖擻神威，打翻了七、八人，身上又添了五六道血泉，兀自大喊道：「快去找七弟九弟，替二哥報仇！」

三 殺無赦

他口中所謂「七弟」，即是「金蛇槍」孟有威，「九弟」則是「霸王棍」游天龍，這兩人同屬「連雲寨」的老兄弟，勾青峰雖然身負重傷，但仍念念不忘這兩位兄弟。

阮明正正帶著戚少商搶了出來，後面追著的是顧惜朝、馮亂虎和郭亂步。戚少商神色慘白，已在半暈迷狀態，每跑數步，大概因為震動的關係，嘴裡、鼻裡的血，就不住的淌下來，阮明正每衝出七八尺，就投過去關照的一眼，每看戚少商多一次，眼中的憤淚和怒火，就熾盛了一分。

他手裡的飛刀不住飛出，顧惜朝空手接住，但馮亂虎和郭亂步各自伏避，與阮明正及戚少商的距離倒拉遠了。

忽聽一聲怒吼，原來勾青峰見一包事物自寨柵上飛壓而至，他連忙用鐵枷一格，啪的一響，粉末飛揚，原來都是石灰，勾青峰鐵枷寬厚，擋住大部分，但依然大半身子都被撒成灰白一片，部分石灰仍飄入眼裡。

勾青峰以衣袖揩眼，腰下已被人一槍捥中。

勾青峰怒吼，一枷擊斷長槍，枷沿一撞，把那人下頷撞碎，但背後又吃一鐧。

持鐧的人慘呼倒下，背後中了阮明正的一記飛刀。

阮明正衝過去，扶住勾青峰。

顧惜朝等廿餘人急劇掩來。

顯然的，這二十來人中大部分都是顧惜朝引入寨裡的，顧惜朝發動這場叛變，並非全寨都參與，反對的人想必不是分別被殺，或調到別處，不然就是被蒙在鼓裡全不知情。

阮明正看清楚了這點，但他左手扶著戚少商，右手挽著勾青峰，已無法抵禦那排山倒海勢同瘋虎的攻勢。

勾青峰卻勉力說了一句，「老……七的帳篷……」

阮明正猛然省起，原來已近七寨主孟有威的「軍機營」，當下飛退如矢，倒退入帳篷，一面斷聲喊：「老七！」

卻見帳篷裡兩個人一起掩近，阮明正喜道：「老九也在，姓顧的——」話未說完，孟有威已一槍刺在勾青峰咽喉上，勾青峰卻未防備，登時慘死。

說時遲，那時快，九寨主游天龍也一棍當頭擊下，阮明正也來不及閃躲，然而游天龍棍頭一歪，只用棍梢掃及阮明正肩膊一下，一面疾聲道：「快逃！」

阮明正吃了這一下，也痛入心脾，但再也顧不及那麼多，突然之間，直闖進去，自背面裂帳面出！

這時追兵四起，吶喊狂追，阮明正單人匹馬，加上身受重傷的戚少商，斷無生理，但他拖著戚少商，一力往勞穴光帳營跑去。

馮亂虎奇道：「他去那兒幹什麼？」二寨主勞穴光已死，而他的帳營所處又是絕地，阮明正難道迫瘋了，往死路跑不成？

顧惜朝喝道：「包圍他，殺無赦，先不必靠得太近！」游天龍依言減緩了速度，孟有威卻一力窮追。

游天龍一把拉住他，問：「你那麼拚命作啥？他們已窮途末路，逃不了的啦！」

孟有威氣咻咻的道：「你懂個屁！戚老大的武功蓋世，阮老三的機智無雙，萬一讓他們給逃出生天，你我只怕沒個死處！」

游天龍臉色倏變，道：「你沒聽見顧大當家說麼，窮寇莫追，阮老三的飛刀，你不是沒見識過的！」

孟有威聞言猶豫了一下，阮明正已跟戚少商衝入帳篷內。

阮明正一衝進去，反手射出三柄飛刀，把跟著衝進來的三人射倒，外面傳來顧惜朝的吆喝之聲，在喧嘩混亂中清晰可聞。

很快的，敵人已把這帳篷包圍得鐵桶般嚴密。

阮明正急促地喘了一口氣，伸手疾封了戚少商傷口旁幾處穴道，替他敷上金創藥止血，戚少商臉色透白，只喃喃地道：「不要管我，你，快走……」

阮明正慘笑道：「我走有什麼用？大哥，你走才是。走得了，他日才能爲眾兄弟報仇！」說著邊脫下戚少商外袍，穿在身上。

可惜戚少商神志已模糊，因爲失血過多，神情十分迷茫，阮明正忽然掀開當中那面大桌遮地的綿絹，把戚少商推了進去。

戚少商迷糊中喃喃地道：「我不去，我要殺……」

阮明正仍是把他推進去，然後撕下一角衣袂，醮血疾寫了幾個字，遞給戚少商，戚少商在桌底下只覺得袖子裡面被塞入了幾件東西，恍惚中只道：「這是什麼……」

阮明正反手又射出兩柄飛刀，一人才閃了進來，便應聲而倒，另一飛刀射空，人已閃了出去。

阮明正只覺全身已漸發麻，所中毒針的毒力已然發作，一咬牙，用力一踏椅腳，又把桌子由左至右的擰了三匝，只聽一陣機關軋軋聲響，這時又有兩人閃了進來，阮明正一刀射倒了一個，另一人見同伴倒下，心驚膽戰，阮明正正要掏刀，但鏢囊已無刀。

阮明正心念電轉，佯作拔刀，那人早已嚇得屁滾尿流，也不知有無暗器，連滾帶爬的跳了出去。

忽聽一聲悶哼，這人又回到了帳篷中，而且還是倒退回帳篷的，然後緩緩的仰天而倒，天靈蓋上已印了一道斧痕。

只聽帳篷外傳來顧惜朝冷定的聲言：「誰退誰死，誰殺了裡面的人，寨裡當家有的是空缺！」

阮明正暗嘆一口氣，目光四處遊逡了一下，帳篷裡，勾起了許多當年兄弟們與勞穴光二寨主共處樂融融的情景。

阮明正想著念著，眼眶有些濕潤起來，忽覺外面喧囂聲止，一個很有感情的語音道：「戚兄，阮弟，躲在裡面，也不是辦法，出來吧。」

阮明正苦笑一下，顧惜朝等了一會，不聞回音，便道：「你們不出來，我們可要進來了。」

阮明正深吸了一口氣，道：「顧大當家。」

顧惜朝「啊」了一聲道：「阮老三，你向來是聰明人，你現在棄暗投明，回頭是岸，還來得及。」

阮明正道：「你——」他沉吟了一下，道：「你說的話可當真？」

顧惜朝心裡冷笑，聰明人果然都怕死！口裡道：「當然是真。」

阮明正道：「我已制住大寨主的穴道了。」

顧惜朝笑道：「那太好了，把他交出來吧。」

帳裡靜了一會兒。

顧惜朝心裡暗罵：你出來不出來，都難逃一死，還遲疑有什麼用？嘴裡卻道：「阮三哥還不放心小弟，是不是？」

帳裡傳來阮明正的聲音：「我要是貿貿然出來，很容易給你們亂箭射死的，不如，你先進來，陪我一齊出去。」

阮明正說了這句話，人已退到一個花盆旁，把泥都掏了出來，那花盆的底子有一條橫桿，阮明正咬著唇，五指緊緊扣住橫桿，好半晌才傳來顧惜明的語音道：「好吧，不過，我走進來，你可要交出戚兄，也不要用飛刀射我，如何？」

阮明正冷笑道：「大當家，憑你的蓋世武功，還怕我這小小的幾柄飛刀不成？」

只聽帳外的顧惜朝哈哈一笑，步履聲往帳篷直踏而來。

阮明正傾耳聽著步履聲，臉色青白。

「霍」地一聲，帳篷掀開，一人踏步進來，驟然迫近阮明正。

阮明正悲憤地道：「死吧——！」用力一拔橫桿，「轟」地一聲，偌大的一座帳篷，驀地炸成千百碎片，連在帳篷外靠得較近的人，也被波及，或倒或仆，遍體鱗傷。

在帳篷裡面的人，自然是無有倖免，炸得血肉模糊。

阮明正是本著一死之心，與顧惜朝拚個玉石俱焚的。

可惜顧惜朝並沒有死。

他派了張亂法進去。

跟阮明正一齊炸死的是張亂法。

這連顧惜朝自己也捏了一把汗。

連他也沒有料到阮明正竟一早便在勞穴光帳營裡預伏下炸藥。

◇◇◇

顧惜朝站在一大堆碎物之前，搖首太息道：「阮老三真是個人才。」

當徒眾找到現場的骨骸已血肉模糊不堪辨認之際，顧惜朝臉色凝重，下令搜尋衣服及兵器碎片。

勞穴光的營帳內有很多衣物，還有幾個闖入帳營叛徒的屍身，這一炸，也炸得破碎飛揚，馮亂虎及郭亂步好不容易才清理出一個頭緒來。

「至少有五具以上的死屍。」郭亂步這樣地向顧惜朝報告。

「五具以上？」

「五具以上。」

「可認得出是誰？」

「支離破碎，殘缺不全，已無法辨認了。」

顧惜朝的臉色開始沉了：「衣服呢？」

「戚少商、阮明正、張亂法身上穿的，都在。」

「兵器呢？」

「有飛刀、銀槍、大環刀、狼牙棒……」

「有沒有『青龍劍』？」戚少商素來慣用一把淡青色的長劍，這柄劍是上古精英、名師殉身所鑄，非同等閒，這炸藥再強，也未必能對之有所損毀。

「這……」

「再找！」顧惜朝斷然發出這樣一聲號令。

只是「再找」的結果仍是：「沒有。」

顧惜朝臉色鐵青，喃喃地道：「只怕戚少商仍然未死。」

馮亂虎道：「不會罷，這樣強的炸藥，鐵鑄的也得震得骨肉肢離，怎能不死？」

郭亂步道：「我們重重包圍，戚少商也決無可能逃離現場。」

顧惜朝冷哼道：「我一日未見戚少商的屍首，一日也不能安心，你們去把所有的碎屍拚合起來！」

顧惜朝這一個命令，使得在場的四十八名「連雲寨」的叛徒，忙到了次日早上。

他們把一切碎肉、散骨收拾重新拚湊，結果令顧惜朝更爲震怒。

沒有任何一塊肉骨證明跟戚少商有關。

顧惜朝狠狠地一腳，把其中一具辛苦拚湊起來的屍首踢得散飛，怒道：「天涯海角，也要把戚少商的狗命追回來！」

游天龍期期艾艾地道：「顧大哥，戚少商縱然不死，也吃了你的『玉碎掌』，不可能再動武了，加上他一臂已斷——」

馮亂虎接道：「看來，這頭老虎又老又病，沒牙沒爪的，已不足爲患了。」

顧惜朝：「要是別人，不足爲患，但他是戚少商——」

他長嘆道：「斬草不除根，春風吹又生！」

郭亂步道：「就算給他逃得出山寨，宋二師弟也守在山下要道，戚少商是逃不了的！」

這時顧惜朝才有了一點笑容，道：「就算宋亂水逮他不著，有息大娘在的一天，他也插翅難飛！」

宋亂水本來就把守山下，以戚少商身負重傷，只要給宋亂水遇上，絕對活不了。

孟有威這時入稟道：「報告大當家，鮮于大將軍和冷二將軍正上山來了。」

顧惜朝沉吟了一下，道：「戚少商可能逃脫一事，先不要張揚，但你們要四出追查；」他頓了一頓，又道：「另外，設法讓息大娘知道戚少商已窮途末路的消息！」

孟有威、游天龍、郭亂步及馮亂虎精神抖擻，齊聲應道：「是！」

顧惜朝這才揚聲道：「快請兩位將軍！囑眾兄弟列隊相迎！」

一朝天子一朝臣，「連雲寨」本來是抗暴拒強，與官兵對壘之大本營，而今，竟成了卑躬禮敬、恭順迎迓出名心狠手辣的官兵，趾高氣揚的打道上山來。

戚少商要是知道，一定氣得吐血。

◇◇◇

戚少商是在吐血。

他沒有走。顧惜朝萬未料到，他就在那爆炸之處的數十尺地底下，被一口木桶垂入深井，他只覺得一直墜落下去，上不著天，下不著地，無處著力，但他心裡那一團燃燒的火，仍是不終不熄。

他心裡只在反覆的想著：是我把顧惜朝引進「連雲寨」的。可是，他害死了一眾兄弟，也就是等於我害死的，是我害死他們的……！

他覺得胸臆似在燃燒著什麼似的，狂喊道：「是我害死的，是我害死的……。」聲音在深井中迴盪著，一句接著一句，久久不息。

這深井直垂入地，再橫通向後山，以山下爲出口，本是在戚少商都還未加入

「連雲寨」之前，阮明正在當時大寨主勞穴光的帳營裡開一隧道，以備萬一之需；惟自從戚少商入主「連雲寨」，聲勢浩大，從無兵敗之虞，近年又加入顧惜朝，聲勢更一時無兩，但阮明正心機深沉，把此隧道之事絕口不提。

故此，戚少商喊得再大聲，一樣傳不到地面上。

一直過了好久，戚少商才從暈迷的噩夢中驚醒。

他驚醒的第一個想法是：夢！

他希望是夢，如果只是惡夢，那再惡的夢，一旦夢醒，一切便都過去了！

只是他很快的發現不是夢，雖然這深沉幽異的環境像夢境一樣，但他少掉了一隻臂膀，那全是真的！

斷臂之痛和被出賣的痛苦，以及一眾兄弟慘死之痛，深深的灼鑄著戚少商的心！

如果他的功力不是如此深厚，捱了顧惜朝的一記「玉碎掌」，早都五臟離位斃命當堂。

戚少商雖然能保住不死，但元氣已所剩無幾，加上斷臂重創，在這不見天日、不著天地的大木桶裡，就像地獄裡的煎熬一般，求生不得，求死不能。

不過，戚少商很快的就發現桶裡有火摺子、乾糧、還有地圖等，火摺子是可以在這暗無天日的地方發光點火，乾糧可以充飢，地圖更有指示出路，幽森的甬道壁上還涓涓滴著泉水。

戚少商又發現阮明正推他入桌底下時塞入他袖裡的東西。

他點起一支火摺子，才發現那是一封血書，草草歪歪的寫著幾個字：

「大哥，你不能死，找四弟，替我們報仇。」

他把紙條緊緊的捏在手心裡。阮老三把他塞入桌底甬道木桶的時候，還塞給他這樣一封血書，之後，他只覺自己迅速沉了下去，然後是一聲驚天動地的大爆炸，自上傳來，碎石殘礫，剛好封鎖了甬道入口，隨即黑沉一片。

然而阮老三瀕死一擊前，仍念念不忘四弟，要他報仇。他突然明白了阮明正的意思：怕他輕生，故曉以大義，要他活下去！

「老四」是「陣前風」穆鳩平，英勇善戰，豪氣干雲，可是，他被顧惜朝收買了沒有？會不會像孟有威、游天龍一樣，在生死關頭的時候來個陣前倒戈？

至於自己，捱了顧惜朝這一掌，縱復原得了，內力也至多只賸一半，加上一臂已斷，武功方面也弱了三分之一，他這一身殘破之軀，僅有的三成武功，怎圖復仇？怎能挽救連雲寨的危難？

「連雲寨」的老兄弟死的死，叛的叛，是不爭之事實。戚少商感到自己的事業，已一敗塗地，無可收拾，在黑暗裡，他只是為了一封血書，一個臨死前的兄弟對他的期盼而活著。

四 古道

烈日下，他所追蹤的那五個人，已經越來越近了。

這五個人，一直在逃亡著，後來發現有人正在追蹤他們，他們就逃得更急了。

這五個人，都是武林中的狠辣角色，一名善於謀略，一名武功奇強，一名精於暗殺，一名擅於易容，一名滿身暗器，這五個人合起來，江湖上只怕沒什麼人能惹得起。

只是這五個人，卻給一個人追蹤得狼狽不堪。

當這五人發現有人跟蹤他們的時候，曾佈下陷阱，意圖殺掉來人，但是當他們發現來者何人後，除了一個「逃」字，再也不敢作任何事。

不過逃也沒有用，他已經「追」上來了。

這五人用盡千方百計，甚至用大量的金錢，來驅使一班貧民也佯作逃亡，來分散追蹤者的注意力；曾唆教另一匪人馬，在鄰村搶劫來引使追蹤者轉移目標；也曾暗施偷襲，買舟出海，騎馬長驅，上山入林，全程共達八百里，來躲避追蹤；更會利用飛沙飀風，地理天時，夤夜趕路，但一樣都沒有發生效用——除了那一匪人馬全被「追蹤者」繩之於法之外。

這五人情知不妙，心道糟糕，這次來的人，不是那以追蹤術名聞天下的「四大名捕」之追命，還會是誰？

◇◇◇

可是這五個逃亡者沒有弄清楚，制伏那一干匪徒的人，名捕雖是名捕，但用的不是一雙腿，而是一雙手。

追命是以一雙腿名滿天下的。

◇◇◇

鐵手對自己的追蹤術很不滿意。

他知道要是換作追命，這五個人早就逮住了。

不過，他此際已相當迫近那五個人了。

那五個人，他一個都不認得，可是，這件案子，是他一個至親的師弟——冷血——帶著傷囑咐他一定要承辦的：

「這五個人，先出賣了待他們最至誠至義的大哥，使得他性情大變，爲害江湖，而這五人仍怙惡不悛，作惡多端，有一次，落在我手裡，但『捕王』李玄衣要我網開一面，我還愚昧不堪，勸他們改過自新，沒想到他們非但沒有改過知悔，還把他們大哥的獨門絕藝奪得，並加以殺害……他們的大哥便是『白髮狂人』聶千愁，對我有救命之恩，而我勸這些兔崽子回到聶千愁身邊，等於是我害了他……這些不仁不義的小人，是非殺不可的——」

「二師兄，我有傷在身，不一定能追得著他們；追命三師兄可能已跟大師兄上了金印寺，我只有求你；你一向較溫和仁厚，不過對這五人，你千萬饒不得。」

「這五個惡賊，見著了，殺了就是了，連見官都是多餘的，其中王命君也當過官，要是抓進衙裡，官官相護，又給他逃脫了，那就不值了——」

冷血很少求人。

鐵手有力地點頭。

就算冷血不求，鐵手也會答允的。

（冷血所提到的王命君等五人殺害「老虎嘯月」聶千愁的故事，詳見《骷髏畫》故事；至於大師兄無情與三師兄追命上金印寺查藍元山削髮為僧一案的源起，請見《談亭會》一文。）

◇◇◇

鐵手雖沒有見過他所追捕的五人形貌，但他們的名字，他卻是銘心刻記的：

「師爺」王命君。

「刺蝟」張窮。

「百變」秦獨。

「必死」樓大恐。

「笑殺」彭七勒。

王命君、張窮、秦獨、樓大恐、彭七勒等人原本在跟隨聶千愁之時，都有極好的名聲，但在他們賣友求榮、率性妄為之後，江湖上人對他們的聲譽，自然也就一落千丈。

所以這五個人，才投靠官府，希望能藉官家的威望，來提高自己的聲勢，可是冷血在「骷髏畫」一案裡，粉碎了他們的上司魯問張、靠山李鱷淚，致使這五個頓失所恃的惡棍，只好亡命天涯。

他們被追得實在太急了，衣衫給汗水濕透，又飢又渴，但飢寒的不敢去打劫，好色的不敢去採花，他們只怕留下一點點的破綻，就給四大名捕逮著；這段日子雖不是很長的時間，但要這五人不敢率意淫樂，不斷逃亡，狼狽一至於斯，在他們而言，已經難受透頂了。

他們聚在山林裡，燃著篝火，不禁互相埋怨起來：

秦獨說：「我都說了，聶大哥我們是不該殺的，殺了他，冷血不會放過我們的。」

王命君說：「冷血不放過我們，那麼，四大名捕都不會放過我們的。」

秦獨道：「都是彭七勒，一定要殺聶大哥，這次可糟了！」

彭七勒冷哼道：「你以爲我們不殺聶大哥，四大名捕就會放過咱們麼？」

張窮道：「殺了聶大哥，咱們至少還有三寶葫蘆！」

王命君道：「得了三寶葫蘆又有什麼用，以咱們的功力，使來可不夠火候！」

張窮道：「那總好過沒有。」

王命君道：「只是爲了三寶葫蘆，咱們值得嗎——？」

樓大恐道：「王師爺足智多謀，多計的人總是膽小，這句話一點也不錯。」

王命君苦笑道：「錯與不錯，已不重要，重要的是，咱們這樣逃，也不是辦法！」

突然樹林子裡撲撲幾聲輕響，樓大恐和張窮一個出掌一個撈起一把沙子，撲滅了火焰。

王命君身子一伏，縮在黯影裡。彭七勒飛掠上樹。秦獨抓著十七枚暗器，隨時準備發射。

只聽「呱呱」地叫了兩聲，一隻不知是什麼的大鳥，撲動大翅，越過樹梢，飛空而去。

彭七勒跳下地面上，眾人都舒了一口氣。

「不是辦法，」張窮懊惱地道，「這樣子的確不是辦法！」

秦獨道：「不是辦法又怎樣？難道我們能去把他幹掉不成？」

「為什麼不可以？」樓大恐道，「他一個人，咱們五個人。」

張窮興致勃勃地問：「怎麼下手？」

大家望向蹲在黑暗裡沉思的王命君。

古道上。

鐵手大步踏著，胸吸迎面的烈風，頂上烈陽猛照，這兩種烈在一起，變成人像浮著似的，既不覺日烈，也不覺風大。

萬山蒼翠。

道上塵埃微揚。

山坳道上，有一對夫婦，正扶持走來。男的蒼樸老實，女的已腹大便便，走動時撫腹有痛楚之色。

鐵手忽覺得古道上一對夫婦相伴相依的走過，是一件非常「箇中有真意，欲辯已忘言」的事。

鐵手想起自己到如今仍是孑然一身，又念及小珍，心頭上如飲醇酒，不覺嘴角微微笑了開來。

那對夫婦見四周無人，以爲是向他們招呼，便也向他微笑一下。

鐵手推了推頭上的馬連坡大草帽，笑道：「熱呵？」

那男的正待要應，忽聽那女的撫腹呻吟了起來，滿臉痛苦之色。

那男的慌忙扶持，既焦急又倉皇，關切地問：「怎麼了？妳……？」

女的只是呻吟作不得聲。

鐵手忙趨前俯視道：「要臨盆了罷？」

男的跺足急煞：「糟啦，這地方離市鎮還遠，倒回去也來不及了，怎麼偏選上……真是！」

鐵手笑道：「這事怎估計得著？讓我揹她下山找產婆再說。」

男的感激地道：「這位大哥，真是好心……」

鐵手道：「別說這些了。」一面揹起那女人，另外那手牽住男的臂膀，道：「咱們這就趕去吧。」

那女人騎在鐵手的背上，突然之間，做了一件甚是奇特的事。

她用手往自己腹上一掀，衣裙掀起，露出來的不是肚皮，而是一隻類似筲箕的鐵篩。

筲箕彈開，裡面有上百個小孔。

在同一刹間，至少射出八百件小型暗器。

如果這些暗器全打在鐵手的背上，鐵手的背部必定成了「刺蝟」。

同時間，那男的騰出一隻空手，掌裡已多了一柄藍光閃閃的利刃，往鐵手脅下就刺。

這兩個變化都十分突兀，鐵手根本沒有辦法避躲。

可是鐵手就在這生死一髮間做了一件事。

他突然身子一長。

他這身子一長也沒什麼，只是像一個本來躬著背的人忽然站直了身子而已。

但他這個動作，使得他背上的女人，箝騎不穩，蓬地摔跌下地，那些暗器，登時打了個空，有如射上半天空，再急墜下來；有的發射時受了震蕩，倒射回筲箕裡去。

鐵手在身形一長之際，順便把手一提，這一提即是把那男子一拋，往後面拋去。

這時，鐵手的背後全是射空的暗器。

那男子慘嚎一聲，跌下去時剛好壓在那女子的身上。

那女子跌地時，裙子剛好蓋住了臉孔，以致對有些墜落下來的暗器、撲下來的男子，都無法閃避，更不用說裝在肚子上筲箕裡的暗器回射了。

那男子的一刀，在趴落地面時正好在她手臂戳了一下。

那女子宛似未覺。

這一刀之毒，連痛的感覺都失去了。

而那男子此時也被射成了「刺蝟」。

男的立即斃命，女的卻未馬上死去。

她掙扎、呻吟道：「鐵手……你……怎知……？」

鐵手搖首道：「你們太小心了，也太大意了。普通人家見著陌生人，就算微笑招呼，男的雖有可能，女的還在腹痛，怎麼可能跟外人隨便攀談呢？另外，我要揹妳下山，秦獨居然完全放心，任由他的妻子給陌生人來揹，而又不問我腳程快慢，分明是把我當作有武功的人……」

那女的眼睛已開始轉藍，就跟剛才「百變」秦獨所握的匕首一般的藍。

鐵手嘆道：「張窮，我本來只想把你們逮捕，不想殺死你們，無奈你們下手太毒了，結果自己殺死自己……妳別看那兩個疏忽並不重要，但只要有疏失，就會叫人生疑，一旦生疑，就會加以防範注意，這一來，你們的出手，盡在我眼中，我便可以輕易地制敵機先了。」

張窮慘笑，笑容難分哭笑，然後臉上的肌肉也完全僵化了，她吃力地道：「你別……得意……我們的……人……」就再也發不出聲音了。

鐵手望著她，沉重的道：「我知道還有王命君、樓大恐和彭七勒，不過，他們既然只遣你們兩人來送死，根本就不會有爲你們報仇的意思。可是，那三人，逃不了的。」

說到這裡，張窮的眼睛已完全變藍，連眼白、唇色也完全呈現一片藍色，人也失去了生命。

鐵手喃喃自語道：「王命君派兩個人來送死，分薄了自己的實力，卻是爲何呢？難道……」他一笑道：「要是追命在，只要他用鼻子一嗅，什麼疑難都不解自開了。」

他埋掉了兩人的屍體走下山來，一路上密林間閃爍著隱約的燈火，已經開始暮晚了。

鐵手下到平地的時候，天色已晚，遠處蒼宏的塔影，映著幾隻歸鳥盤旋，天邊殘霞亂紅，很有一種悽涼的況味。

他心裡浮現了幾句前人的詩詞，心中更加有一種悽落的感覺，想起從前自少年的時候，總愛寫詩塡詞，日落西山的時候上荒漠的山頭，殘月曉風之時到舟上聽鐘，那時候簡直是一種享受，就算連傷感也是佯作或強作出來的。

而今，人僅中年，卻已怕見殘景。

只有念著清美秀麗的小珍，才能驅除心裡那種來自風景凋零的悲哀。

鐵手搖首自嘲地道：「老了麼？……？」驀地，樹叢裡，霍地一響。

接著下去，是數下連響，響得很輕，但很快，一下子，已沿著石塔的方向去了。

鐵手心中暗忖：來了，而且這次不只一人。他冷然撥開灌木叢，以一座山似的氣概，向前移動。

跟著他聽到有一些蟲豸的叫聲，以及蛙鳴，鐵手江湖經驗極爲豐足，他馬上判別出來，那是道上的人聯絡的訊號。

看來，來的人還不少呢！鐵手剛想及此點，倏地，背後一聲春雷般的怒吼，

「王八羔子，看大爺收拾你！」

鐵手霍然回身，一看，只看見那人的胸膛！

其實鐵手身形已算高大，但跟這暗裡的人一比，簡直如同枝幹之別，這人是高逾七尺。黑暗中，只見他黑頭黑臉，黑盔黑甲，下頷一大蓬黑草似的東西，大概是黑髭，這雷霆般的一喝後，手中持一枝丈八長矛，已當頭砸落！

換作常人，這一矛早已將對手打得腦漿迸濺，命喪當堂，但鐵手臨危不亂，雙手一合，已抓住長矛，只覺腳下一沉，雙足已陷地三寸，心中悚然一驚：那來一個天生神力的漢子！

忽覺眼前這一幕非熟悉，不知何時曾經發生過，心中不禁閃過一陣疑雲。

五　朋友

那人一矛取不下鐵手，也自吃一驚，自是始料不及，連忙用力一扯，更不料對方如入土七十尺一般，這一下他可以把一棵小樹連根拔起，卻扯不動眼前這人分毫。

便在此時，鐵手只覺背後有五六道急風劈至！

鐵手只有鬆手。

他一鬆手，那巨漢的矛便已抽回。

可是在同時間，鐵手的雙手已奪下了三把刀、兩柄劍、一枝槍。

來襲的人驚呼、怒喝，可是沒有一人退後。

鐵手正待發話，那巨漢又一矛當胸刺到！

鐵手左手一刀，有心一挫那人銳氣，竟以單手握住長矛。

那巨漢長矛被握，既刺不出去，但抽回也無法，怒意攻心，大喝一聲，竟把鐵手自長矛上提了起來！

唯鐵手仍以單手扣住矛首，無論巨漢怎麼狂揮亂舞，他仍黏在矛上不放。

那巨漢身上似乎受了頗重的傷，以致他用力揮動長矛時，傷口不住迸裂，湧出了大量的血。

鐵手正要喝問，那巨漢狂吼一聲，手中長矛，脫手飛出！

巨矛破空而過，直射石塔！

鐵手左手仍握著矛尖，護胸而持，這一掟之力，勢必會把鐵手貫胸釘入石塔壁上不可！

長矛發出劃空尖嘯，在殘霞裡黑龍般一閃而過，「崩」地一聲，已釘入第三層塔壁上，破壁而入！

就在矛尖要觸及塔壁的電光火石之間，鐵手已鬆了手，滑落下來。

他一到地，只覺著地甚輕，原來踏著了一個人體，地上的人已沒了聲息，看來可能是個死人，鐵手心裡一凜，暗唸：「對不起，失禮失禮。」

忽聽背後有人冷哼一聲，鐵手倏地回首，就發覺石塔牆下，有一雙眼睛，猶如受傷的狼，發出孤憤銳利、寂寞不平的暗光。

那石塔第三層剛剛因飛矛而裂陷了一大爿，碎磚石灰仍不住簌簌而落，打在這人的身上，這人背貼塔角，一動也不動，只用一雙熠熠的眼神，望定鐵手。

鐵手心念電轉：怎麼有這般一雙寒目！只聽灌木叢中那巨漢吆喝道：「快，別讓那廝纏上大哥！」

只聽七、八聲應道：「是！」刀風虎虎，直砍灌木，自四面掩來。

鐵手心知有異，無論看這干人的行動舉止，都不似自己所要追捕的三個人，當下沉聲喝道：「你們是誰？」

他這一揚聲，那黑臉巨漢已撲了過來，咆哮道：「狗賊，你這是明知故問！」

鐵手身形疾閃，利用天黑，讓巨漢撲了一個空，正待發話，忽聽四面八方，傳來吶喊之聲：

「他們在這裡！」

「不要讓叛賊跑了！」

跟著下來，灌木叢中不斷傳來兵刃相碰之聲，巨漢悽厲地呼道：「攔住他們！」雙拳呼呼，痛擊鐵手，直把鐵手當作是不共戴天、十冤九仇的死敵！

鐵手一面閃躲，並不還手，心裡漸而明白，忖道：糟了，看來這是兩幫械鬥，自己無端被捲入輸的一幫裡，替對方的敵人開了路。

鐵手一念及此，便想快快突圍，脫離這是非之地再說，但巨漢的拳猛力威，連鐵手屢次想開口說話，都被勁風逼得說不出話來，又不想下手傷人，一時也無法可施。

這時慘呼四起，這一干人似勇猛抵抗，阻擋掩殺過來的敵人，互有傷亡，但只聞馬蹄紛沓，殺聲四起，來敵似越來越多，至少是這干人的三十倍之眾，這干人漸抵擋不住，死的死，傷的傷，但剩下的仍負隅苦戰，竭力頑抗，既不降，也不退。

只聽四周有人大聲呼道：「降者不殺！降者不殺！駱駝老爺有令，降者不殺！」不管他們怎麼呼叫，苦守的人仍寧死不降，不過在軍馬衝殺下，防衛圈已漸漸縮小，繞石塔一圈，目的明而顯之是爲了掩護石塔下的人。

鐵手見幾乎每一回合都有一名苦守的漢子浴血倒下，來人恃著人多，雖傷亡更鉅，但已佔盡上風，對苦守者任加殺戮。鐵手一生盡歷大浪大風，亦鮮見如此英勇的戰士，所以便突然跳出戰圈。

那巨漢恨極鐵手，跳過去，一拳打中鐵手胸膛，鐵手藉此揚氣開聲：「住手！」他硬受一拳，借力開聲，那大山也似的巨漢給他語音一震，竟一跤坐倒！

驀地衣袂一閃，那石塔下的人，已攔身在鐵手與巨漢之間，那人低沉地向巨漢喝了一聲：「快帶兄弟們退！」這才說了一句，手中已對鐵手攻了五招，五招裡，竟夾有「白鶴門」的「金風切」、「天山派」的「雪花彈指」、「龍門九吞」之「滾龍肘」、「南螳螂」之「擋車閂」、「唯我派」之「一得拳」，而「一得拳」中隱帶「少林神拳」之拳勢，「金風切」裡微帶「天羽派」之「九弧震日」巧勁，這五招七式，全是不同門派之奇技雜學，鐵手見招拆招，遇招解招，到末了以無招破有招，破了這五招，才知道自己已退了三步，對方連臉孔都還未看清楚，只知道他僅以右手出襲！

地上的巨漢一躍而起，大聲道：「我不走！誰也不走！」

那人似力不從心，長吸一口氣，叱道：「一起死，又有何用？」這七個字說完，人已飛掠而起，居高臨下，鐵手失聲叫道：「好個『一飛沖天』！」

話未說完，對方手中一振，青光銳射，一招「一落千丈」，當頭刺下！

鐵手驀地升起了一種感覺。

一種極端熟悉的感覺。

但高手彼此間過招，迅若驚鴻，鐵手這一怔之間再閃，避得雖快，但頭上的大帽已被切落！

這人一劍削下鐵手的大草帽，心中也生起了一種故人的感覺，彷彿回到昔日連雲寨人強馬壯的時候，他與「北城」舞陽城主周白宇決一勝負之際，他亦曾以這招拋下對手的頭上方巾。

鐵手正張口欲呼，忽見半空中的身形，一隻衣袖空蕩蕩的，身形甚是孤寞，跟那故人的雄姿英發大不相同，正轉念間，這人劍勢向左右一撥，先截斷了鐵手的進退閃躲路向，正是「天心派」的「一心無二」，接著下來似是隨手一劍，向鐵手當胸刺到！

鐵手知道這看似隨意的一劍，便是「天山派」的名招「一意孤行」，這「一心無二」和「一意孤行」兩招出處完全不同，但這人使來一氣呵成、妙渾天成而無瑕可襲，鐵手再無懷疑，一招「兩不相忘」反攻過去，一面欣然大叫道：「是你！」

鐵手這一招「兩不相忘」是「鐵板門」的奇技，險中搶攻，專破外家兵器，而且半步不讓；這門武功若手中無二十年以上鐵沙掌功力是根本不能使的，否則使來雙掌也必爲對方兵器所傷，但這在鐵手而言，易如反掌。

這人一見這招，昔日情景，盡湧心頭，劍光一折，斜衝外躍，正是「雪山派」的「一瀉千里」。這人劍光一收，喜叫了一聲：「是你——」語音未完，人已一抖，若非長劍支撐身子，早已仆跌地上。

鐵手忙過去相扶，巨漢怒吼，揮拳要打，這時四周火把盡亮，人聲號啕地叫嚷：「抓拿匪賊！抓拿匪賊！」火光映在鐵手臉上，巨漢看得一愣，失聲道：「鐵二爺！」

鐵手一見這人，也覺得熱血賁騰，叫道：「穆鳩平！」在火光中，只見戚少商滿身浴血，衣衫碎爛，神情憔悴，髮梢、衣上、鬢邊都沾著泥草，尤其一隻左手，更是齊肩斷去，鐵手憶起當年虎尾溪爲追捕楚相玉，跟連雲寨好漢的連番苦拚，以及戚少商的風采神態，不禁百感叢生。

鐵手正待要問，穆鳩平忽退了一步，悲憤地道：「鐵二爺，你也來抓我們——！」

鐵手見這鐵鑄一般的好漢，而今身上也血漬斑斑，滿眼紅絲，跟當年陣前豪勇、雖死無懼的情形大不相同，當下便長嘆道：「穆四寨主——」

只聽戚少商慘笑一聲，道：「也罷。要是你來抓我，我這顆頂上人頭，送給你也不枉費！」

鐵手佛然道：「戚兄，你也說這樣的話，可把我姓鐵的小覷了！」

鐵手返身大喝一聲：「住手！」這一聲是運氣而發，像一枚炮彈在眾人耳邊震炸似的，全部人皆為之一怔，停下手來。

戚少商勉強提氣呼了一句：「回來！」忽地咳嗽起來。這一干苦守的戰士，全退至戚少商和穆鳩平身邊，團團圍成一圈，約莫只剩下十七、八人，個個都筋疲力盡，身上帶傷，衣不蔽體，但卻都戰志高昂，臉上都有一種「士可殺，不可辱」的決心。

一時間，除了包圍的近百支火把「必啪」燃燒之聲響外，再無其他的聲音。

鐵手問戚少商：「怎麼回事？」

戚少商凝視了鐵手一會兒，問：「你不是跟他們一起來的？」

鐵手突然問：「你是戚少商？」

戚少商一愣，道：「你不認識我了？」

鐵手道：「當年我認識的戚少商，不是這個樣子的！」

戚少商慘笑道：「當年你只跟我打過一仗，我們也不算相熟，我本來就是這個樣子的。」

鐵手大聲道：「哈哈。」

戚少商揚眉道：「你笑什麼？」語音強抑著憤怒。

鐵手道：「我笑你。」

戚少商道：「有什麼可笑！」

鐵手道：「你說了一句連你自己都不相信的話。」

戚少商待想駁些什麼，忽然覺得熱血賁騰，眼中的冷狠之色，驟然熾烈起來。

穆鳩平聽不懂，以爲鐵手在譏諷戚少商，怒叱道：「你懂個屁！連雲寨上，顧惜朝連同老七老九叛變，勞二哥、阮三哥、管五弟、勾六弟全部慘死，天見可憐，讓我跟戚大哥相見，這干賊子卻帶狗官的人馬，一路追殺，大哥斷臂傷重，對你們這種賣友求榮的東西自然深惡痛絕——」

戚少商叱道：「住口！」

鐵手回首返身，朗聲道：「誰是你們的領頭？」他高大的身影被火把映得像一座金漆的巨像。

只見兩排火把讓出一條路來，一個將軍，下頷黃色蒼鬚，穿金黃盔甲，卻是騎在一頭似驢似馬又似駱駝的動物上，下巴也是掛滿了黃色莖狀的長鬚，冷沉地道：「是我。」

鐵手知道這人的來頭，但也絲毫不懼，道：「拜見『駱駝老爺』。」

鮮于仇道：「鐵二捕頭，不必多禮。」

鐵手道：「因何事要抓拿這些人？」

鮮于仇道：「鐵兄多此一問，這干叛賊匪寇，人人得而誅之。」

鐵手道：「他們素來劫富濟貧，爲民除害，不能算是匪寇。」

鮮于仇也不動怒，道：「他們是不是盜匪，先拿回去，刑部自然會審。」

鐵手道：「他們既非流匪，便不能拿！」

鮮于仇仍不動如山的道：「我們是奉命行事，不能違抗旨意。」

鐵手道：「如果將軍一定要拿，鐵某願以身代，任何責任，鐵某一力承擔。」

鮮于仇臉不改色，只道：「我們不能縱賊行兇，放虎歸山，朝廷歸咎起來，我們也一樣有罪。」

鐵手道：「將軍——」

忽聽一人怒叱道：「鐵手，你算是什麼東西，這天大的重責，你承擔得起？」

鐵手返身，只見石塔之後的包圍網，出現了一個人，這人穿黑色盔甲，紅色披肩，戰馬神駿，但他卻不是騎在馬上，而是站立在馬背上的。

「大將軍跟你說話，是給諸葛先生面子，你可不要給臉不要臉。」

鐵手也不生氣，轉身拱手道：「『神鴉將軍』。」

冷呼兒鼻子裡哼了一聲，也不答話。

戚少商忽道：「鐵手，我們原本就是敵人，這件事，不關你的事，你自便吧！」

鐵手看著他，滿眼暖意：「戚兄，原來你沒變。」

戚少商的語音已經顫抖，只尖聲叫道：「滾！不然我一劍殺了你！」他身遭重圍，臉不改容，而今卻浮躁了起來。

鐵手笑道：「你殺吧。」

戚少商當然拿起了劍，一劍刺出，劍在鐵手咽喉停住，他的手緊緊的握住劍鍔，以致手筋賁露，額邊的青筋也突突地跳動著。

鐵手連眼也不眨，道：「請。」

戚少商用一種近乎哀求的聲音道：「你走吧。」

鐵手一字一句地道：「你既然殺不下手，那我就告訴你：我們第一次見面，是敵人；從此之後，我們是朋友。」

他重複了一句：「永遠是朋友。」戚少商聽到了最後這一句，好像當胸給人打了一拳似的，過去的有因兄弟朋友的出賣而失去了的信念，而今都一一回復。

六　擒王

冷呼兒冷笑道：「鐵手，你瘋了。」
鐵手長吸一口氣，道：「我沒有瘋。」
冷呼兒用一種幾乎是喊的語音道：「你忘了，你是個捕快！」
鐵手道：「我是個捕快，只抓壞人，不冤枉好人。」
冷呼兒幾乎氣炸了肺：「你說我們冤枉好人？」
鐵手道：「這方圓五百里之內，隨便找個人來問問，看他們當連雲寨的朋友是奸惡土匪，還是英雄俠士！」
冷呼兒氣得一時說不出話來。
鮮于仇聲調冷沉的道：「鐵兄，聽說你是武林四大名捕裡，最冷靜謙和的一位？」
鐵手道：「也是最沒本事的一個。」
鮮于仇道：「你內功深厚，足智多謀，原本有大好前途，爲幾個山賊而自毀前途，非但不智，且有辱諸葛先生的聲譽，更有失『名捕』之職。」

鐵手哈哈一笑，把身上的捕衙服飾除了下來，向戚少商笑道：「現下我體會到什麼是『無官一身輕』的滋味了。」

鮮于仇忍不住冷哼道：「我倒看不出有什麼樂趣。」

鐵手笑道：「這個當然，那是因爲你始終沒有卸下過盔甲，穿著盔甲，無論是哭是笑，都不自然。」

鮮于仇目中射出厲芒，銳如冷電，連鐵手都覺一寒，只聽他道：「鐵二捕頭，你考慮清楚了？」

鐵手道：「我已不是捕頭，我只是一介草民，鐵游夏。」

鮮于仇撚了撚蒼黃長鬚，頷首道：「你既是鐵游夏，那我也不能算禮失於諸葛先生了。」

忽揚聲呼道：「來人啊，拿下叛匪鐵游夏！」

眾人「哄」地應了一聲，拏著火把，衝向鐵手。

鐵手在眾人正要衝過來的時候，突然做了一件事。

他急退。

他退得異常之急，直似背後長了眼睛一般。

前面衝過來的人自然及不上他的速退，連背後湧上來的士兵也抓不著他特異的身法，一下子，他就退到了「神鴉將軍」冷呼兒的坐騎之前。

冷呼兒怒叱一聲，長戟向他背後扎至。

鐵手一矮身，到了馬腹之下。

那匹駿馬似通武術般的，突然四蹄一縮，直向鐵手踏下去。

鐵手驀然起身，一手托起馬腹。

這剎那間，局面映入眼簾的竟是：鐵手單手托起駿馬，駿馬上，還有一個身穿黑鐵甲紅披風的將軍！

馬雖被托起，但冷呼兒居然在馬背上仍能站得穩穩的。

以鐵手的功力，本可以掌穿馬腹，抓住冷呼兒足踝的，但鐵手卻不忍心殺傷這樣一匹神駿。這時，十數名軍士已掩殺向鐵手。

鐵手叱了一聲，把馬一掄，直擲向奔來的十五、六名軍士。

冷呼兒這下再也站立不穩，呼的一聲，半空掠起，紅翼一展，恍似長了一對紅翅膀一般，直飛上一株老樹。

鐵手聽聲辨位，連頭也不抬，已追躡而去，雙臂轉抱住枯樹。

冷呼兒雙手一揚，數十點星火，疾射了下來！

鐵手吐氣揚聲，竟把大樹連根拔起，掄著巨樹，把星火全點撥出去！

一時間，爆炸四起，軍士們陣腳大亂，紛紛走避。

鐵手遙向戚少商，穆鳩平大喝一聲：「走！」

冷呼兒已離樹飛起，豈料鐵手似吃定了他一般，半空擊出一掌。

這一掌，沒有命中，只擊在冷呼兒身前的空中。

冷呼兒心中一喜，忽見鐵手又遙劈出一掌。

這一掌也是擊空，只劈在他的身後。

這時鮮于仇已騎著他那匹「蒼黃馬」，及五、六十名兵馬，一擁而上。戚少商、穆鳩平和剩下的連雲寨忠烈之徒，全挺身攔路，跟這些人惡鬥起來，不讓他們圍攻鐵手。

鐵手又遙劈兩掌，只擊在冷呼兒左右，也沒有擊中。

鮮于仇三番四次想施援手，但始終為戚少商劍網所纏，急得大呼道：「小心——？」

冷呼兒見鐵手一連幾掌擊空，以為此人來勢洶洶，掌功不過爾爾，鮮于仇這一呼，他才一省，急升而起！

鐵手「呼」地撲起，又擊出一掌！

這一掌切斷了冷呼兒上空之路，冷呼兒心裡一凜，直要全力往前闖，忽見前面似有一排氣牆擋著，無論怎樣也突破不入。

冷呼兒應變極快，急往後退，但就在剛才給鐵手一掌擊中的地方，像有一道氣體膠著似的，冷呼兒憑內力硬闖，反被震得血氣翻騰，幾乎一個筋斗自半空栽下來。

幸而他憑著披風滑翔奇技，半空一旋，往左掠去，但又被氣牆彈回，再往右迴，一樣無法闖破，這才覺得魂飛魄散，知道鐵手內力精湛，竟隔空把發出去的內力凝結著，看似空，撞著卻是實的。

冷呼兒五闖不入，餘力已盡，只好往下沉，鐵手正在下面等著他，閃電般出手，拿住他的腰眼。

這時鮮于仇已然撲到。他突不破戚少商的劍氣，卻低呼一聲，座下的「蒼黃馬」忽出蹄踢向戚少商，戚少商全力封鎖鮮于仇，因重傷未癒，精神渾噩，只是強自撐持著，對這突如其來的一踢，竟躲不過，差點踣地，幸而以劍插土維持平衡，卻見鮮于仇一躍而起，已到了鐵手背後。

戚少商情急叫道：「注意後面——」

鐵手警覺背後急風陡生，但他知道要是這一下拿不住冷呼兒，後果就十分嚴重，時機也一瞬即逝，當下不顧一切，一手抓住冷呼兒腰脅八大要穴。

同時間，蓬的一響，他背後已給鮮于仇一杖擊中。

鮮于仇的拐杖非籐非木，杖柄有兩個盤結的大瘤，直似駱駝雙峰一樣，這一擊之下，鐵手只覺心房裡似有兩盤火，一齊轟地炸燃火舌來。

他往前一俯，衝了兩步，手上所托的冷呼兒，卻疾噴了一口血，血水花雨般灑下來，連鮮于仇也沾了臉上衣上點點艷艷。

鮮于仇一杖擊向鐵手，本不認爲可以命中，但以爲可以阻止鐵手擒拿冷呼兒，不料鐵手拚著硬捱一杖，也要抓拿住冷呼兒，鮮于仇心中大喜，心忖：任你內力再高，也斷吃不住我這一杖，豈知鐵手內功高深一至於斯，不但硬受了一杖，還把一半力道引至臂間，撞入冷呼兒體內，故此冷呼兒傷得實在要比鐵手重多了。

鮮于仇又驚又怒，揮杖再劈，忽見冷呼兒擋在前面，登時劈不下去，只聞鐵手深吸了一口氣，道：「別打了……再打下去……只傷了你自己人……住手！」這一聲斷喝，何等威猛，場中諸人都又停了手。

鮮于仇臉色大變。

原來鐵手在硬受一杖之後，開始說話，元氣不足，只說三個字，便頓了一頓，等到再說，說多了一個字，也停了一停，再說下去，又停了一下，到了第三次，已完全接近沒事的時候一般了；最後一聲大喝，更是元氣充沛，淋漓渾厚，全不似曾受傷，連鮮于仇的雙耳都被震得嗡響了一陣，一時聽不到別的聲音。

鮮于仇驚震的是：鐵手的內力竟然可以恢復如此之快！

其實鐵手還是受了內傷，如果他不是硬受了穆鳩平一拳在先，就算是鮮于仇這一杖功力再精深幾分，他還可以復原得更快！

鮮于仇外表遲鈍，實極爲機變百出，當下疾呼道：「鐵手，別忘了你是個捕頭，師父和師兄弟全在官府任職，你傷了冷將軍，可害了全部的人！」

一面說著，杖柄倒轉，疾刺鐵手臉門！

那一干軍士，拿著火把，提刀殺了上來！

鐵手冷哼一聲，把冷呼兒往面前一擋，鮮于仇險些刺著了冷呼兒，連忙跳開！

他才跳開，穆鳩平已飛撲上塔，拔下長矛，一矛刺下！

鮮于仇迎杖一架，「崩」地一聲，把穆鳩平反震上塔頂；穆鳩平想抱住塔壁穩住身形，但鮮于仇那一杖蘊有巨力，以致他整個人「轟」地一聲穿塔而入！

鮮于仇也給穆鳩平一震之力，連退七八尺，想穩住步伐，卻感一股大力猶未消盡，又退了七八步，有五六名軍士想討好相扶，卻盡為撞倒，鮮于仇繼續退了三、四步，又撞倒四五名軍士。

鮮于仇才停住，便發現手下往鐵手猛攻，鐵手提著冷呼兒就是一擋，眾人只有收招跳開，唯恐不及，他心中懊惱至極，只聽鐵手道：「你們再攻下去，害死神鴉冷將軍的不是我，而是鮮于將軍！」

鮮于仇本就想藉鐵手之手，對一直礙著自己前程的冷呼兒來個借刀殺人，但聽鐵手這麼一喝，已經叫破，再要逼迫下去難免有此嚴重後果，當下忍氣吞聲，喝了一聲：「停。」

眾人都停了手，仍包圍住鐵手。鐵手道：「西南面，讓開一條路。」

眾軍士都望向鮮于仇，鮮于仇卻只冷哼了一聲，並不說話。

冷呼兒穴道已然受制，但一雙眼睛，也望定鮮于仇，滿是哀憐之色。

鐵手乾咳了一聲，道：「駱駝老爺。」

鮮于仇冷哼道：「鐵手，你還想逃！」

鐵手一笑，道：「聽說，冷將軍是你的表弟？」

鮮于仇道：「我這人從來公是公、私是私，總不能因爲照顧親屬，而放走江洋大盜。」

鐵手笑道：「哦？不過，我也聽說，冷將軍是傅丞相的妻舅，不知可有這回事？」

這一問，問到鮮于仇怒火熾處，他心中恨恨忖道：要不是這累事的小子是傅丞相之十二個老婆之一的胞弟，那有資格陞到跟我平起平坐？當下冷哼一聲，道：「你放了冷將軍，我不追究你。」

「可是如果冷將軍萬一有個什麼的；」鐵手道：「傅丞相就難免會追究你。」

鮮于仇給說得心中一寒，只好問：「你想要怎樣？」

鐵手斬釘截鐵地道：「西南面，一條路。」

鮮于仇心裡想：好，等鐵手放了冷呼兒，再追不遲，諒戚少商等人傷重，逃不到那裡去。當下道：「你走之前，可要先放人！」

鐵手想也不想，即道：「好！」

鮮于仇反而疑慮了起來，「你說話，可算數？」

鐵手反問：「從諸葛先生到四小當差的，可有過說話不算數的？」

鮮于仇啞然，仍是不放心，鐵手道：「駱駝老爺，我封冷將軍的，可是重穴，你要是一再猶疑，待會兒縱解了穴道，但是一隻腿或一隻胳臂不能轉動了，傅大人問起來，可不關我的事兒，而是鮮于將軍遲疑不決之過了。」

鐵手這樣一說，冷呼兒眼中哀求之色更盛，只是連啞穴也被封掉，說不出話來罷了，不然早就大聲求饒，央鮮于仇快快答允。

鮮于仇瞧在眼裡，心裡直罵，孬種！只顧慮到冷呼兒萬一有個什麼損傷，自己所負的責任重大，只好強忍一口烏氣，揮手道：「西南面。」

軍士見鮮于仇的手勢號令，便讓出一條路來。

鐵手見這支軍隊攻守井然有序，知是朝廷精兵，跟一般酒囊飯桶的隊伍大是不同，便向戚少商道：「你們先走。」

戚少商凝視鐵手，想說什麼，可是沒有說，黑夜野地裡，還可以感覺到他臉色蒼白如刀。

這時穆鳩平剛自石塔底層步出，摔得一身是白堊，只聽見鐵手這一句，便大聲道：「我們走？你呢？咱們一起走！」

鐵手笑道：「我還有人質要放。」

鮮于仇這才知道鐵手打算先讓戚少商等人逃離，自己壓住場面，他回心一想，臉上禁不住有一絲惡毒的笑容：他們走了之後，放了人質，看你怎麼走！

穆鳩平大搖其頭，道：「不行！不行！要走，一起走！要死，大夥兒一齊死！」

鐵手轉首望向戚少商，道：「戚兄。」

戚少商眼睛一片瞭然之色，只說了一句：「你？」

鐵手堅決地點點頭。

戚少商沉重地向他搖頭。

鐵手道：「你走，跟你的人，才會走；連雲寨的血海深仇，在你肩上，走不走，也在你一念之間，再不走，誰也走不了。」

戚少商一咬唇，霍然返身，下令道：「走！」大步往西南方的野草荒墳踏去。

穆鳩平急喚：「大哥——」望望鐵手，又望望戚少商孤漠的背影，正取捨未決，鐵手道：「快去，你大哥要人照料。」

穆鳩平惶惑地道：「你……」

鐵手笑道：「我隨後就來。」

穆鳩平遲疑地道：「你就來……？」

鐵手大笑道：「你幾時聽過四大名捕說話不算數的！」

穆鳩平一頓腳，終於追去，連雲寨餘眾也全追了上去。

荒草古塔，殘月如鉤，風景何等凋零落索。

正如人生裡，有很多時候，難免也有這樣悽涼的光景。

戚少商、穆鳩平等一行人的身影消失之後，鐵手猶望著殘景，竟似痴了。火把拍拍地在燃燒著。

鮮于仇忍不住道：「姓鐵的，你放是不放？」

忽聽一個聲音自灌木叢中響起：「鐵二爺，你這作法，可失著得很。」

只見火光驟強，東北面一處，走出一行人來，當先一個，頭裹萬字頂頭巾，髮挽太原府紐絲金環，身著鸚哥綠綻絲戰袍，腰繫文武雙穗絛，足穿嵌金綠襪綠靴，方臉大鼻，環口圓睛，極有威勢，鐵手心中一沉，暗忖：怎麼這狗官也來了！口裡卻道：「黃大人也親自出馬麼？」

七 被捕

來的人正是敉亂總指揮黃金鱗。

黃金鱗道：「枉你聰明一世，卻糊塗一時，鐵二爺，你可知道這樣做，會使得四大名捕英名掃地，同時也牽累諸葛先生的一世英名。」

鐵手淡淡地道：「黃大人可能來晚一步，有所不知，我早已解冠棄職，既不是什麼名捕，一切作為，也與諸葛先生無涉。」

黃金鱗這一出現，在鮮于仇心裡卻大是不悅，心道：你既來遲了，何不兜過去截擊戚少商，卻來這兒湊熱鬧！

黃金鱗卻道：「哦，大丈夫一人做事一人當，誠然是好，但辦案官員可會聽你說說就算？你就算救走了戚少商這股餘孽，但自己可有為自己認真想過如何逃走？」

鐵手搖首笑道：「沒有。」

黃金鱗道：「你以為能在鮮于將軍和下官手上逃得了？」

鐵手道：「如果我要走，只怕你們還是攔不住。」

黃金鱗怪笑道：「那麼說，鐵二捕頭是不準備走了？」他還是故意稱鐵手爲「捕頭」。

鐵手忽長嘆了一聲，雙指迸點，解了冷呼兒身上的穴道，道：「我本就沒打算要走，天子犯法，與民同罪，何況我這等小役，你們且押我返京吧。」

鐵手這一著，冷呼兒和鮮于仇大出意料，黃金鱗嘿嘿乾笑道：「好，鐵捕頭，有種！不過，你武功超群，這樣，可不好押，我想，鐵捕頭是明法人，也是明理人，不想要我們爲難罷？」

鐵手深吸一口氣，道：「你要我怎麼樣？」

黃金鱗道：「自古以來，押解犯人，都要扣銬鎖枷，何況此返京城，千里長路，鐵二捕頭又武功過人，認識的英雄好漢又遍佈道上……」

鐵手截道：「就算道上好漢看得起我鐵某，冒險前來相救，我鐵游夏是自甘伏法，決不潛逃！」

黃金鱗桀桀笑道：「這樣最好，這樣最好……不過，鐵二捕頭就如此跟我們一道走，在法理上，未免有違先例，未免不大……那個……」

鐵手長嘆道：「你說的對，要我束手就縛，也未嘗不可，不過，你得允諾在先，秉公處理，在未返京受審之前，不得濫用私刑。」

黃金鱗哈哈笑道：「鐵捕頭這可小覷了下官！下官若對鐵爺分毫逼迫，絲毫傷害，即卸官解甲，自刎當堂，血濺五步，以謝江湖！」

鐵手、冷呼兒、鮮于仇都沒料到黃金鱗竟說得如許的烈，要知道江湖上最講承諾、信義，黃金鱗這回把話說絕了，便決無挽回餘地。

黃金鱗又道：「就算鐵二捕頭還是信不過下官，那一定會信一個人——」他眼睛眨了眨，笑笑道：「這個人，跟鐵二捕頭的淵源可深得了，鐵爺就算沒有見過，也一定對他生平耳熟能詳……」

連鐵手也不禁問：「你說的是——？」

黃金鱗道：「『捕神』劉獨峰。」

鐵手動容道：「捕神……？他，他來了麼？」

黃金鱗道：「敉平連雲寨，緝拿戚少商的案子，聖上有鑒於兩位將軍久戰無功，便著傅丞相另選賢能，劉捕神曾因聽文張文大人之言，懷疑『捕王』李玄衣是死於四大名捕之手，所以借出京之便，順便辦理此案；我把你交給他，該不會再有二話了罷？」

冷呼兒和鮮于仇在旁悶哼一聲，卻不敢說什麼。黃金鱗那一番話無疑係指他們攻不下連雲寨，乃奇恥大辱，最後連雲寨得破，還是依仗傅丞相所佈下的伏兵臥底，來個窩裡反，始能臻功。

他們更不敢得罪的，是個號稱「捕神」的劉獨峰。

原來在「四大名捕」這四個年輕人仍未在江湖上成名之前，武林中就有「三絕神捕」，那是：「捕神」劉獨峰、「捕王」李玄衣、「神捕」柳激煙。

「神捕」柳激煙因公之便，進行暗殺，把「武林五條龍」殘殺殆盡，後被冷血查出而身死。（詳見《四大名捕會京師》故事之《兇手》一文）。另「捕王」李玄衣爲報子仇，要殺一個相當正直無辜的青年人唐肯，逼得冷血與他發生一場冬夜苦鬥，後飛身追殺一奸惡無良的小人關小趣，因而喪生冷血劍下。

這「三神捕」裡，武功最高而名頭最響的，要算是「捕神」劉獨峰。

劉獨峰被稱爲「捕神」，不但是因爲他是「捕中之神」，同時他也是這干捕快中身分最高，最養尊處優，家世、學問、官位最顯赫的一個。

他捕抓犯人時也最有神采。

以劉獨峰的輩份而論，可以算是鐵手的前輩，跟諸葛先生來比，可以算是師弟級的人馬，而劉獨峰近年來都在京城裡坐鎭，退隱享福，極少出動。

而今，竟連劉獨峰都出山了。

鐵手最擔心的還是戚少商等，如果劉獨峰真的要抓他們，戚少商以重傷之軀，只怕難以逃脫。

黃金鱗道：「我把你交給劉捕神，這總夠公正了罷？」

鐵手嘆了一口氣，伸直雙手，道：「好，你派人來綁我吧。」

黃金鱗左右欲一湧而上，黃金鱗叱道：「誰敢對鐵捕頭無禮！」眾皆止步，垂手而立。

黃金鱗趨前對鐵手道：「二爺乃一條響噹噹的好漢，下官今日敢縛二爺，乃執法行事，二爺休怪！」

鐵手嘆道：「你縛吧，我不怪你。」

黃金鱗自手下那兒抓了條牛筋繩，正要縛綁鐵手雙臂，才綁了兩個圈，便負手退開，鐵手奇道：「怎麼不綁？」

黃金鱗苦笑道：「二爺功力蓋世，只要運力於臂，捆綁又有何濟事？」

鐵手想了想，道：「也罷，我先卸去功力，你用牛筋嵌縛我穴道三分，我便崩不斷了。」

黃金鱗笑道：「好，就這麼辦，二爺，得罪了。」鐵手伸出雙手，黃金鱗毫不客氣，三匝五繞的，紮個結實，驀地，運指如風，迅若閃電，疾點鐵手的「膺窗」、「期門」、「章門」、「天池」四大要穴！

鐵手驟然受襲，而內力已卸下，一時應變不及，穴道受制，他一面想運功破穴，一面怒道：「你……」

黃金鱗再不打話，電光火石間又一口氣封了鐵手「旋機」、「鳩尾」、「巨闕」、「幽門」、「關元」五大穴，這一連人體九大要穴被封，任是鐵人也抵受不住，鐵筆頓失重心，跌倒在地。

黃金鱗趨前笑問：「我可有傷你？」

鐵手倒在地上，瞪視黃金鱗。

黃金鱗笑道：「我那有傷你！我只不過封了你的穴道，你不必盯我。」

冷呼兒、鮮于仇等這才明白黃金鱗的用意，一起走近，冷呼兒踹了鐵手一腳，揶揄道：「你也有今天！」

鐵手悶哼一聲，枉自有蓋世內力，但九大穴被封閉，便無發揮之能。黃金鱗笑向他道：「看見沒有，不是我踢你，是冷將軍踹的。」

鮮于仇眼神一亮，道：「黃大人的意思是……？」

黃金鱗搖首笑道：「我沒有意思。打他殺他傷他辱他，都不是我的意思，我只是捉拿他而已；你知道，江湖上人，最講信義，而我黃某人，也最重言諾的了。」

冷呼兒登時明白了，笑道：「對，你只不過是擒他而已，至於要把他怎麼個整治法，就完全是我們的事了，你也無法阻止。」

黃金鱗故意嘆了一口氣道：「其實，我也阻止不了哇。」

鮮于仇冷冷地道：「當然，如此這般，你好人一人充當，咱們來做惡人了。」

黃金鱗道：「話也不是這樣說，你們要不傷他也可以，不過，押他返京可是長途漫漫，這個龍精虎猛的，留著總是禍患！」

冷呼兒嘿聲道：「還押他回京？在這兒把他乾淨乾淨，歸塵化灰便了！」說著，又迎著鐵手的臉門踢了一腳。

鐵手硬受了這一腳，幾乎沒有暈死過去。

黃金鱗也不阻止，只說：「別壞了傅丞相的大計。」

鮮于仇目光一閃，道：「正要請教。」

「不敢。」黃金鱗壓低了聲音，道：「鐵手這次放走戚少商的事，正好可以冠之於勾結流寇，私通強盜，藉公徇私，殺傷官差的罪名，只要把他押回京城，交給傅丞相，就可以在皇上面前大大挫了諸葛一下，而且……」

他陰笑道：「四大名捕情同手足，鐵手被捕，無情、追命、冷血等一定設法營救，屆時，傅丞相只要請九幽神君佈下天羅地網，就可以一網打盡，不愁他飛上了天！這可是大功一件！」

鮮于仇頷首道：「如此說來，這廝的狗命，倒是活的比死的值錢。」

冷呼兒悻悻然道：「難道就任由他逍遙自在的回京麼？」

鮮于仇和黃金鱗聽了都笑了起來。黃金鱗忍俊道：「逍遙自在麼？倒不見得！給人紮成大花蟹一般，這一路跋涉，也沒什麼逍遙，還有什麼自在，何況……」故意住口不語。

鮮于仇會意，笑著接道：「我們至少也可以給鐵二爺嘗嘗甜頭。」

冷呼兒道：「如此最好。」一拳擊落，打得鐵手牙齦盡是鮮血，又一腳踢去，拍拍二聲，左胸兩根脅骨齊斷，卻聽冷呼兒「哇」地一聲，撫足飛退。

鮮于仇登時戒備，黃金鱗問：「怎麼了？」

冷呼兒「哇哇」氣道：「這傢伙，嘿，用內力——」原來他吃鐵手貯存於體內的功力反擊，左足尾二趾竟被震斷。

黃金鱗這才明白過來，向鐵手嘖嘖地搖首道：「鐵捕頭，你這身內力修爲，倒真是羨煞人了，可惜啊——」

冷呼兒奪過一張刀，一刀往鐵手頭上砍落，鮮于仇一手扣住，怒叱道：「傅丞相的大事，你忘了麼？」冷呼兒頓時不敢妄動。

鮮于仇身子一沉，連戳鐵手身上七處穴道，鐵手頓覺全身虛脫，有如蟲行蟻咬，萬蜂齊噬，十分痛苦，每根肌筋都搐抖起來，偏偏身子又不能移動分毫。

鮮于仇冷笑道：「滋味可好受？」

黃金鱗呵呵笑道：「這樣整也可把他整死了。」

鮮于仇道：「貓哭耗子假慈悲什麼！不過，劉獨峰如果查起，倒不好交待。」

黃金鱗笑道：「劉獨峰麼？他其實根本還沒來到。就算來了，咱們也可以把姓鐵的藏起來，當沒這回事，再說，劉捕神也是傅丞相派來的，他雖跟諸葛交好，但諒不致敢違抗傅丞相的命令。況且……李玄衣是他的至交，而他一直懷疑『捕王』乃『四大名捕』所殺，就衝著這點，這位養尊處優、身嬌肉貴的劉捕神也未必會管這樁閒事。」

鮮于仇哈哈笑道：「如此最好，如此最好！」

黃金鱗卻道：「不過，再這樣下去，姓鐵的可給你的『六陽陰風手』弄得不大好了。」

「六陽陰風手」原是武林中一種極歹毒的武功，專用於迫供！傷殘對方身體元氣為主，鐵手重傷後遭這種惡毒手法箝制，宛若在受千刀萬剮，痛苦不堪，饒是他內力精湛，一張臉色已紫脹如赭，全身顫搐，鮮于仇怕弄出人命，笑著拍開了禁制，又一掌按在鐵手心口上。

這一下只是拍中，憑鐵手內力，尚可抵禦得住，但鐵手苦於不能動彈，給他按著正中，而正於血氣翻騰，五內如焚之際，一口血，就噴濺了出來。

鮮于仇笑道：「求饒吧！」

鐵手受制到現在，身負重創，但始終半聲未哼。

冷呼兒有些動容道：「真是一條硬漢！」

黃金鱗滿臉笑容地道：「硬漢？剁下他一雙手，看他還硬不硬！」

鮮于仇瞇著眼笑道：「剁下他一雙手？那就聽你吩咐咯！」

黃金鱗忙不迭地道：「嗳，這可不是我的意思，不關我的事！」

鮮于仇冷笑道：「你盡做好人，我也不剁，不過，」揚聲叫道：「來人啊！」

眾人哄地應了一聲，鮮于仇道：「把手上帶著的刑具都拎出來，我倒要一件一件的試。」

這干軍士此趟出來剿匪，手邊所攜的刑具雖是不多，卻也有一、二十種，全都是厲害無比，要人心碎身毀的，不過其中有些軍士不忍，又敬鐵手是條好漢，自收藏了一些，不拎出來，但提到鮮于仇面前的，總有十一、二具。

鮮于仇咬牙切齒的道：「好，我就一件一件的來。」他心裡懷恨：本來眼看要逮著戚少商好領功，半途卻殺出個程咬金，打散了他的升官夢，弄得給黃金鱗這小人佔了便宜。他把一肚子怨氣，全發洩在鐵手身上。

他用了四、五種十分厲害的刑具，有的直把人的全身骨骼，都扯得節節裂開；有的要把頸骨和脊骨分割；有的要把十指錘成一團肉泥；有的椎心刺骨之痛，足可把人痛死。鐵手血肉模糊，那五副刑具，都給他內力震毀，但他也給這慘無人道的酷刑，弄得不似人形。

冷呼兒本被鐵手所擒，心懷不忿，但見鐵手如此好漢，心裡也服氣，見鮮于仇意猶未足，又要取刑具，便道：「我看夠了。」

鮮于仇用一隻左眼睨著他道：「什麼？你不忍？」

這句話可是冷呼兒萬萬不承認的，他只說：「拏這廝回衙，慢慢再整治，不愁沒功夫。」

鮮于仇想了想，道：「有理。不過這幾下也把他整得個死去活來，可省些防他逃脫之虞。」

黃金鱗忽低聲道：「你這番當衆施刑，手下的人，可防嘴疏？」

鮮于仇笑道：「這干人，跟我吃的喝的，陞官發財全仗我，他們敢說，怕沒長兩根舌頭麼！」

黃金鱗笑道：「如此甚好！以致抓不到匪首戚少商，都是他從中作梗，非要把他發洩發洩不可。」

鮮于仇悻然道：「是啊，給連雲寨的餘孽逃掉，放虎容易捉虎難！」

黃金鱗笑嘻嘻地道：「這有何難？戚少商壓根兒就逃不掉的。」

鮮于仇不解地道：「哦？」

黃金鱗道：「你道我爲何不去追捕戚少商，卻來設計拿下這姓鐵的？西南退路，早教顧公子及連雲寨歸順朝廷的朋友捎上了，戚少商逃不掉的！」

鮮于仇這才明白，恍然道：「哦！」

黃金鱗接道：「顧惜朝顧公子已被傅丞相收爲義子，是這次剿匪的真正主持，我那有那麼天大的膽子，跟他爭功？何況連雲寨打連雲寨，窩裡反，狗咬狗，咱們隔籬觀火，樂得清閒！還不如擒下狗拿耗子多管閒事的鐵手，可望在傅丞相面前，討一個新功。」

鮮于仇這才瞭然。

冷呼兒卻道：「卻不知顧惜朝他們有沒有本事拿下戚少商這干悍匪？」

黃金鱗微微笑道：「戚少商早已斷臂負傷，只剩寥寥數卒，乃強弩之末，顧公子智藝雙絕，人強勢眾，決無問題。」他摸摸自己光禿禿的下頷，得意地道：「不過依我估計，顧公子根本不必出手，保存實力，只要把戚少商等再往西南方逼進，戚少商就必死無疑！」

冷呼兒一臉不解之色。

黃金鱗問他道：「你想，西南方有誰稱霸？」

鮮于仇忽動容道：「毀諾城！」

黃金鱗眉開眼笑地道：「對！就是碎雲淵上的『毀諾城』！」

冷呼兒道：「毀諾城？碎雲淵？」

黃金鱗笑道：「這裡面有龐大的實力，但一直未犯朝廷，故傅丞相有意招攬，無意摧毀，才讓她維持至今。這『毀諾城』的城主，恨極戚少商當年毀約，故發奮建立『碎雲淵』、『毀諾城』，專門與戚少商作對。」

冷呼兒不禁問：「究竟是誰，把戚少商竟痛恨得那麼厲害。」

黃金鱗道：「一個女子。」

他一字一句地道：「碎雲淵上，毀諾城中，江湖人稱『女關公』，息大娘！」

鐵手這時在地上發出一聲低微的呻吟。他落到這些人手裡，自知已然無望，只是殊不料自己身受屈辱折磨，看來仍換不回來戚少商等人的自由與性命。這想法幾乎令他最後的一絲鬥志，也逐漸消磨。

八　神威鏢局雷家莊

一輪孤清的明月，高掛空中。

寒風颯颯。

草木皆兵。

戚少商和十餘名部屬正迅速地往前推進，在他們浴血斑斑的臉上，流露著愴惶和鬱憤。這些人堅持要活下去，已不只是爲了世間的一切欲求，而是爲了一口氣。

穆鳩平不住回首盼望，喃喃的道：「鐵二爺怎麼還不來？」

戚少商道：「他不會來了。」

穆鳩平腳跟立即似給釘死了，不走，吼道：「爲什麼？」震起樹上寒鴉無數。

戚少商搖頭，慘笑，望向天邊殘月如鉤。

在黑黝的叢林裡，遠遠傳來「爲什麼」一聲呼吼，暗處那人脫口而出：「是老四！」

另一個聲音即噓道：「小聲！」

第一個失聲說話的人是孟有威，低聲喝止他的是郭亂步。

馮亂虎也在黑暗中，他以一種低沉而謙卑的語調請教彷彿已與黑暗融爲一體的顧惜朝，「我們現在該如何下手？」

顧惜朝人在暗中，眸子卻漾著月光，緩緩搖首，道：「我們的連雲寨，以前除了跟官兵爲敵之外，戚少商還有兩個內外夾攻的心腹大患，你們知道是什麼？」

馮亂虎立即答：「是息大娘的『毀諾城』和江南雷家。」

顧惜朝點頭道：「可是，息大娘和江南雷家，只能相提，不能並論。」

郭亂步問：「爲什麼只能相提，不能並論？」他問得非常小心，不敢說錯一個字，在顧惜朝的親信中，他自知不比馮亂虎機智乖巧，也比不上宋亂水勇猛剛豪，但他能在顧惜朝麾下活得十分之好，那是因爲他的不夠聰明，難以擔當大任，故不招顧惜朝之忌。而且，他還懂得在適當時機發問，好讓顧惜朝表現領袖的智慧。

最近郭亂步更是謹慎小心，因爲他親眼看見曾經不以爲意在語言上頂撞過顧惜朝的張亂法，被派入帳篷抓拿阮明正，結果被炸得血肉模糊。

他只想陞官發財，並不想入枉死城。

顧惜朝立即接道：「息大娘是戚少商的死敵，戚少商早年負了她，她三次行刺無功，發奮自創『毀諾城』，專門對付戚少商，戚少商窮途末路，遇著她，只有死路一條。江南霹靂堂雷家曾是戚少商的戰友，當年，雷家派了三位家屬，雷遠、雷騰、雷炮，由雷捲率領，還有雷家的年輕好手沈邊兒，他們意圖在虎尾溪一帶根植霹靂堂的勢力，雷捲看中了戚少商，扶掖他起來，訓練他成爲一流高手，戚少商也的確是個人才……」

郭亂步即道：「嘿，我看，也沒怎麼的！」

馮亂虎眉心一整，道：「大當家的眼光，怎會有錯！」

郭亂步即道：「我是說，任他是天王老子，比起大當家，也不過爾爾。」

馮亂虎還待說話，顧惜朝即微微笑道：「你們兩個不必爭論。戚少商是個非除不可的敵人，非除不可的原因，便是因爲他是個罕見的人才。他在霹靂堂學藝，青出於藍，卻不甘於只受一個家族所用，於是乎空手上連雲寨，奪得了大權，覬覦武林，是何等鴻鵠之志！不過，連雲寨的勢力日益壯大，江南雷家原本在十一省佈下強兵，取代了日漸衰微的『武林四大世家』，而今卻在這一帶吃了憋，連雲寨這麼一鬧，雷捲的實力大大削減，雷家的人對戚少商也大有怨憤……」

郭亂步道：「對呀，戚少商此舉，無疑是『吃碗面，翻碗底』，失去了江湖義氣。」

顧惜朝道：「不過，雷家的雷捲，也是非同小可的人物，他早年睥睨天下，中年以後，神出鬼沒，神秘莫測；對敵往往一擊必殺，即全面撤退，不留痕跡，令人諱莫如深。」

郭亂步道：「可是，雷捲卻恨死了戚少商……」

馮亂虎忽道：「兩種可能。」

郭亂步一怔，顧惜朝道：「你說。」

馮亂虎道：「雷捲要是個高手，他就會把握這個時機，全盤毀滅掉連雲寨。」他頓了一頓，目中閃耀銳光：「可是，要是雷捲是個人物，他也可能拯救戚少商，重新重用他，這是個以德報怨收服人心的好機會！」

顧惜朝眼中已流露出嘉許之色：「所以我說，息大娘和雷家五虎將，只能相提，不能並論。」

馮亂虎道：「息大娘是敵人的敵人，敵人的敵人是我們的朋友。雷家五虎將可能是敵人的敵人，也可能是敵人的朋友，所以是我們的似敵似友。」

宋亂水忽插口道：「管他娘的敵人朋友，殺個乾淨再說！」

馮亂虎和郭亂步一齊皺起眉頭。顧惜朝道：「說起戚少商的朋友，倒有一幫人馬，力量不可忽視。」

郭亂步馬上問：「那一幫？」

馮亂虎搶著答道：「自然就是和連雲寨一向守望相助，戚少商三度發兵解圍的『神威鏢局』了。」

郭亂步仍是問道：「大當家的看法是……」

馮亂虎插口道：「『神威鏢局』的高風亮現在已受冊封，皇恩浩蕩，諒他……」忽然發覺顧惜朝眼中有不悅之色，忙住口不說。

顧惜朝微笑道：「很好，說下去。」

馮亂虎澀聲道：「屬下，屬下也沒什麼意見，只是信口胡扯而已。」

顧惜朝慢條斯理的道：「哦？信口胡扯，也頗有見地，看來，你的腦筋倒是越來越精明了。」

馮亂虎忙道：「大當家過獎，大當家過獎，屬下實在——」不知怎的，顧惜朝雖在讚賞他，他總覺得背脊有一股尖冷的寒意，升了上來。

顧惜朝只嘿嘿一笑，向郭亂步道：「所以，戚少商現在是：前山有虎，後山有狼，處身之地有陷阱，而大局則由我們控制。」

郭亂步道：「大當家分析的是。」

顧惜朝道：「這兒已是雷家的地頭，再過去便是『毀諾城』的重地，要是雷家遲遲不肯發動，咱們就把戚少商的殘兵迫入『碎雲淵』、『毀諾城』！」

郭亂步道：「是。」

宋亂水銳聲道：「多說無謂，咱們現在就去！」

郭亂步冷然道：「你去那裡？沒有大當家發號司令，你急什麼？」

宋亂水楞了一楞，急得只搔頭皮，說道：「如果不快一些，給姓戚那廝蹓掉，可——」

馮亂虎打斷道：「他現在是插翅難飛，能跑去那裡？」

顧惜朝忽道：「亂水，你雖然是急一些，但殺敵心切，很好。」馮亂虎和郭亂步都心裡一怔，只見顧惜朝拍拍宋亂水肩膀，溫聲道：「待會兒攻殺戚少商的行動裡，亂虎和亂步都得要聽你的調度。」

郭亂步和馮亂虎都覺得自己似乎做錯了些什麼，然而他們其實什麼也沒有做，只是多說了幾句話而已。

◇◇◇

「鐵二爺騙我，鐵二爺為什麼要騙我？」穆鳩平厲聲悽呼。

戚少商忽然反手一掌，把穆鳩平打飛出去。他仍然血濕長衫，落魄沉哀，然而雙目中燃燒著灼痛的鬥志，環視驚愕中的部屬，一字一句地道：「鐵捕頭是騙了我們。他現在，可能活著受罪，可能已經死了，你們誰要讓他死得平白無辜，可以大呼小叫，自戕自殺，悉聽尊便！」

那些傷殘、浴血、受屈、忍痛的連雲寨子弟，用力地執著兵器，咬著唇角，沒有人說一句話。

穆鳩平霍然而起，向戚少商道：「大哥，我們要在天未亮前，逃出碎雲淵……」

另一名連雲寨子弟道：「不怕，咱們繞小石山九條河棧道，不過碎雲淵便就得了。」

穆鳩平忽萌起一條生機，一拍大腿，喜道：「對了，咱們繞過碎雲淵，就可以去『神威鏢局』，高風亮高局主他一定不肯坐視——」

一名連雲寨的弟子接道：「是呀，咱們曾三度出兵力助『神威鏢局』，兩年前，『神威鏢局』跟『挑糞幫』的人對峙，要不是戚大哥出兵，『挑糞幫』早就把『神威鏢局』的家當全給搬走了呢！」

一些連雲寨的弟子大喜過望，爭著道：「對，繞過碎雲淵，投靠神威鏢局！」

戚少商仰天想了一會，道：「可是，神威鏢局在去年，也因失掉官餉之事，幾乎滿門遭劫，最近好不容易才恢復元氣——」

穆鳩平打斷道：「老大，朋友不在危難之時互相幫忙，交朋友來作什麼？我們此時此境，就算是麻煩人，也只好硬著頭皮麻煩這一遭！」

戚少商道：「不過，要到青田鎮的『神威鏢局』，先得經過小石山、九條河、雷家莊。」

穆鳩平道：「雷家莊又怎麼樣?!」

戚少商長嘆道：「此情此境，我實在不想見他們。」

忽然雙眉一軒，抬高了語音，朗聲道：「那家店鋪沒有高樑？樹大可遮蔭。」

月掩浮雲，剩下的連雲寨子弟臉色都有些變動。

戚少商繼續道：「左道旁門，月偏西，草後石旁，都可以重建長城——」

突然厲聲叱道：「殺！」

霎時間，連雲寨子弟十五、六把兵器，一齊往西面左邊一列大樹後的草叢和岩石刺去，這下攻其不備，潛伏在草堆裡及石頭後的人一時猝不及防，至少有七八人登時了賬！

戚少商用預先大家已瞭然的暗語，指示行動，一擊得手，暗夜中長劍似青龍一般，電掣一匝，又有七八人倒地，同時穆鳩平長矛飛刺，敵人被嚇得膽喪魄飛，逃既不及，擋又無從，瞬息間給他殺了五人。

宋亂水金瓜鎚一揚，喊道：「不要讓戚少商逃了！」話才叫出，發現帶來的二十五名士卒，剩下不到三人，他倒毫不畏懼，挺著金瓜鎚向戚少商奔去。

戚少商刷地向他刺了一劍，宋亂水用金瓜鎚在胸前一格，叮的一聲，那金瓜鎚是用熟銅打造的，戚少商的青龍劍薄細快利，吃百來斤重的金瓜鎚反震，戚少商不禁身形一挫。

戚少商原本這一挫，是藉力卸力，再趁對方大意來襲時，猝然出劍傷敵，不料他左臂已斷，內傷又重，這一側身，幾乎仆倒，宋亂水覷準時機，一鎚砸至。

戚少商身往側倒，但一劍自下的勢子中刺出，這一劍十分突兀，宋亂水人雖魯莽，但武功甚好，百忙中挺鎚一封，卜的一聲，戚少商這一劍，竟直刺入金瓜鎚之中。

這一來，戚少商下跌之勢，反而挽住，如果戚少商還有另一隻手，至少在這剎間可以讓宋亂水有十一種不同的死法。

可惜戚少商只有一隻手。

他飛起一腳，把整頭大水牛似的宋亂水踢飛出去，跌入草叢裡。

他的劍上仍拖著金瓜鎚，一甩而去，撞倒了一名連雲寨的叛徒。

穆鳩平早已收拾了剩下來的兩名敵人，咆哮一聲，往宋亂水跌落的地方，挺矛追去。

戚少商叱道：「退！」

他此語一出，樹林又出現三四十名敵人，領頭的是馮亂虎。

戚少商即把剩下的子弟集合在一起，正欲往北邊退去，忽聞喊聲四起，郭亂步領了三十多人正殺將過來。

穆鳩平急道：「往東北面走！」

戚少商道：「顧惜朝一定在東北面。」

穆鳩平道：「他奶奶的，碎雲淵在西南面！」

戚少商臉上出現了毅然之色：「他正是要把我們逼去毀諾城！」

忽聽一陣長笑，南面一名藍袍文士，寬步而出，身邊沒有一兵一卒，正是顧惜朝。

月光下，顧惜朝拱手笑道：「諸位兄弟，別來無恙麼？」

穆鳩平登時紅了眼，咬牙挺矛，要衝上前去，戚少商一手搭住他肩膀，越發顯得他受傷身子強忍痛楚：「承你照顧，還死不了。」

顧惜朝道：「死，有重若泰山，輕若鴻毛，戚大哥——」

戚少商即道：「不敢當。」

顧惜朝道：「大哥栽培小弟之恩，小弟銘感五中，倘若沒有大哥信寵，小弟在連雲寨中，焉有今天的威望？」

戚少商淡淡地道：「我沒有你這樣了不起的兄弟。」

顧惜朝笑道：「大哥何需動氣？」

戚少商道：「我寧可留一口氣。」

顧惜朝道：「戚大哥一向行義不惜犧牲，其實，眼前此刻，只要大哥一點頭，就可挽救這十七位忠心兄弟的性命。」

戚少商道：「哦？」

顧惜朝道：「只要你死了，我對他們，決不再追究。我說過的話，一定算數！」

戚少商笑了：「算數？中秋月圓，歃血為盟，生死同心，共渡危難，若有虛言，血灑寨門，是誰說的？私下你也說過，如果沒有我，生不如死，日子不知怎麼過，這些話都算數，顧公子再灌上三桶豬血牛血也不夠灑了。」

顧惜朝皮笑肉不笑：「哈哈。」

戚少商道：「好笑，好笑。」

顧惜朝道：「這都是時勢逼人，眼看大伙兒跟著你，只有理想志氣，卻沒好下場，跟官府作對，豈不是家破難容？朝廷裡有的是功名富貴，你一意孤行，可有照顧到眾家兄弟的福祉？」

戚少商淡淡笑道：「俗語道：成者為王，敗者為寇。你高興怎麼說，由你說去。你有大好前程，大可另謀出路，連雲寨拱手相送，全沒礙著你，你千不該，萬不該，把好兄弟的熱血頭顱作為一己之私的墊腳石，今日我奈不了你何，他日總有天意來收拾你，我也不必慌惶。」

顧惜朝變色道：「好，趁你收拾不了我，讓我先收拾掉你再說。」

忽聽一個聲音道：「不管你們誰收拾誰，姓戚的是我霹靂堂的垃圾，理應由我們自己來收拾。」

九　雷捲與沈邊兒

說話的人在樹上。

就連戚少商也不曾醒覺樹上有人。

顧惜朝卻好整以暇，笑道：「雷大俠，你終於肯出面來主持公道了。」

樹上的人有氣無力地道：「通常，初見面的人叫我做『大俠』，只有兩種用意。」月色映照下，只見樹椏上坐著一人，披了件厚厚的毛裘，顯得身子十分單薄清瘦，孤獨悽涼。

「一種是熟悉我的人，知道我常行善事，所以稱我作大俠；一種是巴結我的人，所以稱我作大俠準教我喜歡，不會有錯。」這時天氣甚熱，這人仍披著厚毛裘，裡面不知道有幾件衣服，而且雙頰火紅，額現青光，像是病得甚重。「可惜你兩種都不是，因為我根本不做好事，你口裡叫我大俠，心裡等於在諷刺我病貓。」

顧惜朝笑道：「雷大俠說笑了。」心中暗忖：人說江南「霹靂堂」雷家高手中雷捲是第一號難纏人物，看來此言非虛。

雷捲道：「顧大當家曾五度派人請我來此，恐怕不是爲聽我說這兩句不好聽的笑話如此簡單罷。」

顧惜朝淡淡笑道：「我倒是覺得，雷大俠今晚的第一句話，叫人拍案叫絕。」

雷捲道：「第一句話？今晚第一句話？今晚第一句話我好像是說：吃得好飽！不過，可不是對你說的。」

顧惜朝也不動氣：「是剛才雷大俠在樹上說的第一句話。」

雷捲道：「我窩在樹上已經好久了，我在樹上第一句話，好像是跟邊兒說的，邊兒，我說的是什麼話？」

只聽樹裡邊一個聲音豪笑道：「你說：我們倒先依約來了，卻不知那干王八兔崽子怎麼還沒來？」喀喇，一陣連響，樹幹爆裂，現出一個大漢，濃黑的眉毛，濃黑的鬍鬚，濃黑的鬢毛，把他整張臉孔都籠罩了起來，只剩下高挺的鼻子，瞇成一線鐵刀般的眼睛。

他自挖空的樹幹甫一立起，整棵大樹立刻潰倒，雷捲摟著毛裘，坐在大漢的臂膀上，猶似未動過一般。

穆鳩平天生神勇，看到眼前這名漢子的氣慨，心中也不禁爲之震懾：聞悉雷捲手下大將沈邊兒是條粗中有細、豪裡有情的好漢，而今，自己負傷不輕，只怕難以應付。

顧惜朝拱拱手道：「原來沈少俠也來了。」

沈邊兒道：「捲哥去那裡，我便去那裡，尤其捉拿『霹靂堂』叛徒，邊兒決不落人之後。」

顧惜朝點頭道：「是的，戚少商有負雷家的事，我亦略有所聞。」

雷捲笑道：「豈止有所聞而已？你派人五度請我出關，目的便是要藉我們之手，除去戚少商。」

顧惜朝道：「不過，雷大俠現在當然也看出來：我要剪除戚少商，易如反掌。」

雷捲道：「不過，由你來殺戚少商，你卻怕引天下英雄齒冷，由我們來殺，別人沒二話可說，戚少商系出雷門，武林中收拾叛徒，乃天經地義的事。」

顧惜朝嘆道：「難怪人說真人面前不說假話，在雷大俠面前，造作都是多餘的。只不過……雷家的叛徒就在那邊，雷大俠請。」

雷捲全身都蜷縮在毛裘裡，正向戚少商那兒緩緩轉身。他從出現到此刻，一直都沒有正式望戚少商一眼。戚少商在雷捲出現以後，一直垂直而立，顯得十分悲涼落拓。

穆鳩平急了，俯近戚少商耳邊低聲道：「老大，還等什麼，我們總不能束手待斃。」

戚少商沒有作聲，穆鳩平倒發現沈邊兒一雙銳利的眼睛向他這邊望來，心中忽地一跳。沈邊兒問道：「戚兄，還認得我嗎？」

戚少商深吸了一口氣，道：「沈兄。」

沈邊兒道：「你大概沒想到，我們有一天會這樣子見面罷？」

戚少商淡淡地道：「說實在的，落到這般田地，我並不想見你們。」

沈邊兒豪笑道：「當你離雷門而去，劍震八方，傲視天下之時，我早就知道你會有這麼一天，我早就等在這樣一天和你這樣見面！」

戚少商道：「你終於等到了。」

沈邊兒望定戚少商，長嘆道：「我加入雷家，主要還是戚兄穿針引線。」

戚少商苦笑道：「那時候，我正蒙捲哥之恩，身在霹靂堂。」

沈邊兒嘆息道：「當時，咱們聯手征東平西，合作無間，承你教誨，讓我學得不少經驗，要不是你，『無良教』早就把我拔掉，而不是我鏟平『無良教』了。」

戚少商道：「是你學得快。」

沈邊兒道：「是你教得好。」

戚少商搖首道：「我沒教你，真正教你的是捲哥。」

沈邊兒道：「但你卻示範給我體會。」

戚少商道：「你是人才，縱沒有我教，遲早都能體會。」

沈邊兒道：「不過，這些年來，我一直沒忘了你的情義。」

戚少商長吸了一口氣，沈邊兒接下去厲聲道：「但我也沒忘了你不告而別，在『霹靂堂』造成的傷害！」

他雙眼噴出了怒火，一字一句地道：「所以，我無時無刻不想殺了你，我一定要殺了你！」

穆鳩平跨一大步，攔在戚少商身前，大聲道：「要殺戚大哥，先得殺我！」

沈邊兒豪笑道：「先殺了你又何妨！」揮拳痛擊穆鳩平！

穆鳩平大喝一聲：「好！」交臂格去，驀然間，沈邊兒迅如一支倒飛的強矢，那一拳，變得向顧惜朝迎臉擊到。

顧惜朝猝然受襲，仰天倒下，後腦貼地，沈邊兒一拳擊空，已收拳回勁，雙腳連環踢出！

顧惜朝身子尚未彈起，對方攻擊又到，顧惜朝貼地一滑，竟巧生生地滑開丈餘遠，但沈邊兒一招領先，著著搶攻，在不過照面間已攻了十七招，顧惜朝不但連半招都搶攻不回去，連吐氣揚聲的機會也沒有。

宋亂水、馮亂虎、郭亂步一齊大驚失色。馮亂虎反應最快，立即要下令向戚少商進攻。才張開了口，一陣急風逼來，雷捲已到了他身前。

雷捲身上所穿，十分累贅厚腫，但臉頰十分瘦削，一雙鬼火似的目光，正盯在他臉上。馮亂虎只覺這癡漢身上漫散著一股逼人的煞氣，竟把他剛喊出來的聲音倒迫回喉嚨裡去，馮亂虎應變極快，雙掌一起，已擊在雷捲病懨懨的身軀上。

這兩掌擊在厚厚的毛裘上，只發出兩聲如擊敗革的悶響，陡然之間，雷捲左手一提，食指已捺在馮亂虎額上。

馮亂虎怪叫一聲，全身已失去了平衡，向後飛了出去！

宋亂水反應當然不比馮亂虎快捷，何況他先前還著了戚少商一腳了，但他卻是第一個衝向沈邊兒的人。

他目的是要制住沈邊兒，好讓顧大當家回一口氣。

但他還沒有衝到沈邊兒和顧惜朝的戰團裡，霍地眼前多了一個人。

一個臉色青白的病人。

宋亂水狂吼一聲，一低頭，苦練三十年連頭髮也練得不長一根的「鐵頭功」直撞而出，別說眼前是一名風吹得起的病漢，就算是一頭大牯牛，給他這一撞，也得骨折肌裂。

他一頭撞過去，只見眼前一黑，整個人被包在一團又軟又暖的物體裡，隨後只覺身子突然飛起，整個人都似浮在雲端裡，往後的事，便失去了知覺。

同這瞬間，沈邊兒大叫一聲，向後倒翻，一道精光自他脅下擦過，直釘入一株樹幹上，是一柄小刀，刀柄兀自晃動。

沈邊兒脅下的青衫漾起了一灘血漬，愈漸擴散開來。

顧惜朝手邊卻多了一柄銀光閃閃的小斧頭，局面已完全改變過來。

在顧惜朝的銀斧之下，沈邊兒挪移、騰走、翻滾、飛躍，完全是憑著小巧靈活的輕功，閃躲銀斧的攻擊，沈邊兒身形偉岸，比穆鳩平還粗豪萬分，但施展起小巧功夫來，輕若無骨，天衣無縫，使得穆鳩平看得目瞪口呆。

顧惜朝一旦扳回局勢，正要發令，他目觀四面，耳聽八方，為沈邊兒偷襲所逼不過是轉眼功夫，但回佔上風時猛然發現，自己手下三名愛將，馮亂虎、郭亂步、宋亂水全在這片刻間被人打得爬不起來。

出手的人只有一個。

一個人兜截三人。

這人便是雷捲。

而雷捲已到了他的身前。

顧惜朝抽斧，疾退，雷捲全身突然旋轉起來，隨著他的疾旋，發出了一種極大的勁風，顧惜朝大叫一聲，一斧向身旁一棵大樹砍去！

別看他手持的僅是一面巴掌大的小斧頭，這一斧砍去，腰粗的大樹應聲而倒，就倒在雷捲所發出的罡氣上！

卻聽劈啪啪尖銳響聲，直欲撕裂耳膜，那株勒木在勁氣旋轉中被直條撕成七八爿，碎葉木屑，漫天噴濺，這刹那之間，顧惜朝引巨木強挫雷捲所發出的罡氣，同時已找出了對方的破綻之處。

這破綻如同白駒過隙，一瞬而滅。

顧惜朝卻把握了這電光火石的刹間。

他左手姆食二指一彈，疾地一道白光打出！

「奪」地飛刀射中雷捲的小腹。

刀刺在毛裘上，反彈倒射，刀柄射入一名連雲寨叛將胸口，再穿出嵌進一株樹幹裡。

雷捲旋勢陡停，一指彈在顧惜朝臉上。

顧惜朝百忙中頭一偏，「卜」地一聲，鼻樑折斷，鼻骨刺入臉肉，鮮血濺湧而出。

雷捲還待再攻，忽張口吐了一大口血，顧惜朝那一刀，雖穿不破他的毛裘，但內勁已攻入他的五臟六脈，所受的傷決不比顧惜朝輕。

顧惜朝一退三丈，掩鼻哼道：「好指力！」

雷捲道：「好刀法！」

顧惜朝揚手道：「殺！」手下這才如大夢初覺，一湧而上。

沈邊兒和穆鳩平一左一右，兩條鐵柱般的大漢，攔在雷捲和戚少商的身前。

穆鳩平這才回過神來，把大姆指往沈邊兒身前一翹，道：「好！」

沈邊兒道：「你還能不能打？」

穆鳩平把胸一挺，道：「能！再一兩百個，我不在乎！」

沈邊兒道，「你能不能跑？」

穆鳩平一楞，答不上來，沈邊兒道：「扯著你的老大，有那麼快跑那麼快，有那麼遠跑那麼遠！」

穆鳩平驚道：「你們——」

沈邊兒道：「這兒有我們！」

穆鳩平怒道：「原來你們跟鐵手一樣，全是騙人的！」

沈邊兒倒沒聽明白他何指，不明所以，一愣道：「什麼，鐵手他來了——？」

顧惜朝冷笑道：「你們逃不了的，這兒已給我們重重包圍了。」他手腕一掣，呼地彈出一枝訊號煙花，片刻間，樹林裡外，影影綽綽，孟有威和游天龍已領了近百人，包圍住戚少商、雷捲、沈邊兒、穆鳩平及十餘殘兵。

雷捲仍蜷縮在厚衣裡，毛裘上血跡斑斑，份外奪目，忽道：「你以為只有你能帶人來嗎？」

顧惜朝一怔，失聲道：「『雷家五虎將』……？」

只聽有人豪邁地笑道：「還有『神威鏢局』！」

顧惜朝回首只見一個紅臉銀鬚的矍鑠老者，後面跟了三、四十人，以無堅不摧的陣式，突破了孟有威、游天龍所伏下的包圍，闊步走入陣中。

顧惜朝道：「你……」

老人豪笑道：「老夫是『神威鏢局』的老不死，高風亮是也！」

他的大手往身後三個青年人一引道：「這三位才是『雷家五虎將』的三

虎。」

高瘦的青年抱拳道：「在下雷騰。」

矮壯的青年拱手道：「在下雷炮。」

一個神情傲慢的青年一揖道：「在下雷遠。」

顧惜朝仍捂住鼻子，連苦笑都笑不出來，只有說：「雷家五虎將都到齊了，我還有什麼話說。你們想怎樣？」

游天龍和孟有威面面相覷，已露出恐慌之色。

雷捲淡淡地道：「這要問戚少商才知道。」他始終正眼沒瞧過戚少商。

戚少商的語音已完全哽咽：「我……」

沈邊兒站過去，拍拍戚少商的肩膀，道：「捲哥問你怎麼辦？」

戚少商道：「你告訴捲哥，過去我戚少商脫離霹靂堂，曾讓他很下不了臺，在武林中很為難，在江湖上很尷尬，我……」

沈邊兒轉首望向雷捲。

雷捲仍窩在毛裘裡，向沈邊兒道：「你去告訴姓戚的，他出去，沒丟了霹靂堂的顏面，一切作為，都是雷家的榮耀，雷家沒有他姓戚的，一樣可以發揚光大，教他記住，霹靂堂不管姓戚的是友是敵，雷家的敵人或朋友決不能給江湖無情無義之輩，宵小卑鄙之徒所凌辱！」

沈邊兒望向戚少商。

戚少商強忍熱淚：「你轉告捲哥，戚少商記住了。」

沈邊兒道：「我也記住了。我們都不姓雷，一個在內，一個在外，壯志未死，意氣方豪，這才是人生一大快事！」

戚少商澀聲道：「我欠你一顆腦袋！」

沈邊兒哈哈笑道：「你是指我在你走後揚言要跟你決一死戰的事罷？當日你離霹靂堂而創連雲寨，江湖上傳言沸沸騰騰，以為雷門在此地已一敗塗地，很不好受，我一時意氣，逼急了說的話，就算咱們要砌磋，也得等你傷好全了，重振雄威，安內攘外，平定江山之時，再來比劃比劃，打個痛快！」

戚少商也哈哈笑著，伸手往沈邊兒膀上一擊，道：「好！咱們這就約定了！」

十　福慧雙修高風亮

顧惜朝笑道：「恭喜大哥跟舊兄弟能夠重聚，誤會冰釋，前嫌盡棄。」他捂著鼻子說話，聲調比哭還難聽。

雷捲沒有說話，只是身子更往毛裘裡蜷縮，彷彿這世界奇寒，正結著寒冰，下著大雪一般。

高風亮身邊有兩個俊秀的青年人，兩人都背著鑲寶石的劍，樣貌很是相似，左邊一個道：「我們還等什麼？」右邊的道：「像這種人，還留來作什麼？」

高風亮神色有一點遲疑，再度望著雷捲。

雷捲仍是沒有說話。

雷炮已忍不住要說話，他一開口，聲音直似雷鳴：「這種人，若放虎歸山，留著禍患，自當非殺不可！」

雷騰的聲音十分尖銳刺耳，但只有一個字：「殺！」

顧惜朝忽道：「好！殺就殺！」

兩名俊秀青年齊道：「是！」一齊拔劍，一齊抽劍，一齊雙劍刺入雷騰和雷炮的後心！

這下變起猝然，雷捲大喝一聲，「小心！」雷遠急掠而起，撲向二人，忽刀光一起，人在半空，攔腰被斬爲兩截，噴湧了一團血霧，分兩處落地，一時沒有死絕，仍張嘴說了一句：「卑鄙！」

出刀的人是高風亮。

他身上的白衣沾染了一蓬濛濛的血點。

雷捲急掠而起，顧惜朝也飛撲而起。

兩人空中相遇，各一聲悶哼，蹌然落地。

顧惜朝手中的小斧已然不見。

小斧握在雷捲自毛裘裡伸出來的青白的手裡。

這一隻手，像長年未見陽光，白嫩的皮膚蘊著節節青筋，但指骨突露，異常有力的握著斧柄。

這手在顫抖著。

人也在抖著。

悲傷、憤怒，都足可讓人失卻冷靜，一反常態。

沈邊兒也紅了眼，但他大叫一聲：「捲哥！」

雷捲立刻深吸了一口氣，整個人本來是風中的落葉，忽變作了凝立的石頭一般。

顧惜朝本來臉上已有了笑意，長流的鼻血染遍了臉孔，看來十分詭異，但眼色越發凝重了起來。

雷捲咳嗽。

咳了幾聲，但一直望著地上被砍成兩截未死的雷遠。

雷遠也慘憤地望著他，但已失去說話的能力。

雷遠終於嚥下最後一口氣。

雷捲一直等雷遠真的死了，仍不把目光收回來，一直盯著地上的濃血，一個字，一個字地，吐出了三個字：「高，風，亮。」

高風亮紅臉變得煞白，退了一步，橫著大刀，守在胸前，吞了一口唾液。

雷捲道：「我們雷家，可有什麼對不起你的地方？」

高風亮澀聲道：「沒有。」

雷捲一字一句地道：「你爲什麼要這樣做？」

高風亮眼中呈現了畏懼之色，終把胸膛一挺，大聲道：「雷老弟，我們『神威鏢局』，曾得罪了官府，幾乎被滿門抄斬，一敗塗地，而今，好不容易，才得開解，這次傅相爺要我們鏢局跟官府合作，要不然，就……我老了，我可不能眼見局子再毀於一旦，何況——」

他眼中有一種可憐而又帶有微悅的神色：「如果這事能成，我也會被封官，我這一生人……就少了一點貴氣……」

雷捲道：「就爲了被封官，你就殺死我三個兄弟！」

左邊的俊秀青年道：「何止三個。」

右邊的俊秀青年道：「還要殺你！」

雷捲沒理睬他們兩人的話，只厲聲重複了一句：「就爲了封官，你就要殘殺我三個兄弟！」

高風亮退了一步，尖聲道：「我不殺你們，神威鏢局的人，難免就要死光死絕了！」

高風亮後面有三、四十人，全都是「神威鏢局」的鏢師和高手，一個濃眉大目的漢子忽站出來厲聲道：「局主，不管怎麼樣，神威鏢局再死光死絕，也不能做這種不顧江湖義氣的事！」

高風亮陡地漲紅了臉，怒叱道：「唐肯，這輪到你來說話？滾回去！」

這漢子雄糾糾也氣呼呼的站在那兒，一副激憤難平的樣子。

（作者按：這漢子自然便是「神威鏢局」的鏢師唐肯。唐肯跟神威鏢局局主高風亮，曾一齊共過患難，同過生死，並受貪官逼害，幾乎滿門蒙羞，但後來因得「四大名捕」中的冷血及「捕王」李玄衣之助，終於雪冤、重振「神威鏢局」聲威，在這段過程中，唐肯所慕戀的心上人丁裳衣也在該役中犧牲，高風亮本來豪情俠風，因歷此劫後，人心大變，變得哈腰奉迎，著意跟官府常打交道，膽小怕事，而且渴望朝廷封賞，完全變了一個人。——故事詳見《四大名捕》故事之

《骷髏畫》）

雷捲雙目仍注視地上的濃血，道：「我把你打從老遠的青田鎮請來，爲的是替曾救過你們鏢局的戚少商解圍，你卻包藏禍心，下此毒手！」

高風亮也豁了出去，大聲道：「可是遠在你來找我之前，文張文大人和『福慧雙修』李氏昆仲就已經先找過我，我已經答應他們，如果雷家插手這件事，要是擒殺戚少商，我助一臂之力，要是雷家倒戈相向，只聽顧公子一聲『殺就殺』的號令，就得先要你們雷家命喪當堂！」

雷捲切齒道：「好個命喪當堂！」雷騰與雷炮的胸口，仍汩汩的流著鮮血。沈邊兒戳指那兩名青年道：「你們就是『福慧雙修』？」

左邊的青年道：「我是李福。」

右邊的青年道：「我是李慧。」

沈邊兒嘿聲道：「三個月前，你們是在李鱷淚部屬，李鱷淚給文張官場鬥爭，慘敗身亡，你們真箇兒眼也不霎，就轉到了文張的麾下？」

李福、李慧互看一眼，李福道：「識時務者爲俊傑。」李慧道：「何況，李鱷淚貪贓枉法，本就該死。」李福接道：「你不必離間我們。」李慧道：「我們忠心耿耿，爲朝廷效死，爲文大人、黃大人、顧公子鞠躬盡瘁，死而後已。」

一直沒有說過話的戚少商，忽然說了一句：「那你們就死吧！」

戚少商原本離開李氏兄弟足有七丈遠，以他身負重傷，居然一掠而至，顯然是蓄勢已久，人在半空，劍勢如虹，向李氏兄弟頭上罩落，招招盡是搶攻險招。

李福、李慧一時慌了手腳，雙劍並交，見招化招，但戚少商全不理會自己安危，中了兩劍，鮮血灑落，但手中長劍依然搶攻凌厲，李氏兄弟只要被刺中一劍，便絕無活命之理。

高風亮見戚少商攻勢如此猛烈，便想退走，不料戚少商劍圈一長，連他也急攻在內，高風亮只有奮力招架，只見戚少商獨臂負傷，以一團劍氣，力攻三人，竟無一招是守，招招殺著，高風亮、李福、李慧三人嚇得魂飛魄散，被逼得手忙腳亂。

雷捲與沈邊兒迅速地對望了一眼。

兩人心裡都同時明白：戚少商這下是在拚死，要手刃殺死雷遠、雷炮、雷騰的兇手，以報雷家臨危相助之恩。戚少商可以說是已把生死置之度外了。

雷捲心中固然愴痛，但他恢復冷靜極快，戚少商這樣拚死，他也決不以為然。

可是他卻不能妄動。

因為他的敵手是顧惜朝。

顧惜朝就等他動。

只要他再有妄動，顧惜朝就會全力置他於死地。

雷捲不能妄動，沈邊兒卻能。

他長身而起，直撲向戚少商的戰團，以他的武功，已得雷捲真傳，孟有威和游天龍決攔他不住。

他身在半空之際，忽然間，紅影一閃，一個穿黑盔甲的大漢，竟長著一對紅翼似的，迎面一戟刺到！

沈邊兒怪叫一聲，身形疾沉，霍的一聲，腿粗的戟尖自頭上擦過，刺入髮茨，沈邊兒甚至還可以感覺到髮根給扯裂的刺痛！

他沉得快，但腳下急風陡起，一個黃鬚滿臉的金甲將軍，一拐橫掃他雙腿關節！

這一下如給掃著，勢子之猛，並非腳骨折斷而已，只怕連一雙腳也得被砸成稀爛，沈邊兒背腹受敵，被人上下夾攻，絕了退路，人急智生，驀地，一腳蹬出！

本來金甲將軍這一杖掃至，沈邊兒避猶不及，但他外表粗豪，心機卻十分巧敏，眼看避不過去，居然不退反攻，一腳朝金甲將軍額頭踢去！

這穿金盔甲的將軍自然就是「駱駝老爺」鮮于仇，他這一拐雖可把對方打成廢人，但要是捱了沈邊兒這一腳，雖是人在半空中匆忙發力，憑他深厚的內力相抗，至多額上腫個大疙瘩，但臉上卻不好看，萬一墮下馬來，在眾人面前，更大損顏面，鮮于仇覺得要殺這小子，反正機會還多的是，故此變招回拐，在眼前一格，拍的一聲，沈邊兒這一足踢在拐杖的結瘤上，內力反挫，沈邊兒只覺腳趾一陣劇痛，未及收回，頭上那紅翼鐵甲將軍，已挺戟刺將下來！

沈邊兒把心一橫，險中搶險，借下墮之勢，落到蒼黃馬背上來！

這一下，跟鮮于仇只隔著這怪馬背上的一座駝峰，兩人貼身極近，鮮于仇的拐杖變得毫無用處，霎時間，兩人互攻了二十餘招，招招攻取對方死穴，兩人一面搶攻一面封架，只要一個疏神，捱得半招，決無活命之理。

這時，冷呼兒在半空中長戟也不敢擊下，因恐誤傷鮮于仇，他也飛身而下，落在馬頭上，雙掌夾攻沈邊兒。

三個纏戰在一起，水洩不通，沈邊兒背腹受敵，但依然處處搶攻。

那匹蒼黃怪馬受三人身體所壓，早已承受不了，加上三人運勁互拚，怪馬長嘶連連，發蠻揚蹄騰馳起來，但三人六腿仍然力夾馬腹，手上殺著絕不因而減弱。

這時漫山遍野喊殺之聲，游天龍和孟有威已衝殺過來，穆鳩平奮力擋住，他受傷極重，連番轉戰，體力耗得七七八八，若不是游天龍並未出全力，穆鳩平早就伏屍就地了。

全場只有兩個人不動。

顧惜朝與雷捲。

雷捲蜷縮在毛裘裡，在這曙色將明的時候，寒厲的目光，盯著顧惜朝，使顧惜朝感覺到一股前所未有的澈骨寒意。

所以他立即道：「你的傷，也不輕。」他的目光落在雷捲的腰上。

雷捲腰畔的毛裘上，有一蓬鮮血，正漸漸擴散開來。

毛裘極厚，要染紅這樣一大片毛裘，要流很多的血。

雷捲的血，已經流了好一會兒。

在高風亮和李福、李慧驟殺雷騰、雷炮、雷遠之時，雷捲一時情急激動，奮身撲去，顧惜朝伺機出手，砍中雷捲的腰部，但銀斧也給雷捲劈手拿去。

顧惜朝手上已無斧。

只有刀。

一柄小刀，扣在他左手姆食二指之間。

只要雷捲一動，他就發出這一刀，他環視全場，己方佔盡優勢，兵力方面，更雄厚十數倍，而且他知道，不久之後，文張文大人會帶「捕神」劉獨峰趕來，那時，縱有十個戚少商又能如何？

雷捲心裡暗急，但眼前的局勢，已無法突破，他急也急不來。

忽然之間，他覺背後有一種逼人的殺氣。

他不知道是誰，但眼梢所及，來人鸚哥綠綻絲戰袍及地，腰縛著文武雙穗條，腳踏嵌金絲抹綠靴，來頭非同小可。

而以這殺氣揣度，來人的武功也決非庸手。

他的心沉了下來。

但他並沒有回頭。

因他一旦回頭，眼睛就會稍離開顧惜朝手上的刀一瞬。

縱然這只是一瞬之間的事，但顧惜朝的刀可能就已釘在他的額頭。

所以背後敵手再強，他也不能回頭。

顧惜朝笑了。

他的笑是要在雷捲心中造成威脅。

他的笑同時也是得意而情不自禁的笑容：因爲他已來了強援。

強援是黃金鱗。

黃金鱗和文張這兩名官員，都是出名的足智多謀、手段殘毒，所不同的是，文張較善於乘風轉舵把握時機，也忍辱負重能屈能伸（詳見《骷髏畫》一文），而黃金鱗武功底子既高，文才也好，是文武雙全的人物。

這時候，戚少商、穆鳩平、雷捲、沈邊兒四人，全是背腹受敵，正在作困獸之鬥。

但卻有本來無關緊要的人，忽然做了一件事，改變了這個戰局。

十一　死人與死囚

在「神威鏢局」那三十多人中，突然間，有一個濃眉大漢虎地跳了出來，正是唐肯。他叫了一聲：「局主，看刀！」一刀砍向高風亮左肩。

高風亮、李福、李慧三人力戰獨臂的戚少商，本已左絀右支。唐肯忽來這一刀，高風亮吃了一驚，迴刀一架，高風亮的刀法遠勝唐肯的刀法，這匆忙使出的一刀，看似無力，但直把唐肯震得虎口發麻，幾連刀也握不住。

高風亮這一迴刀，戚少商立時沖天而起，連人帶劍，斜飛而落，急刺顧惜朝。

顧惜朝沒有想到戚少商忽然能抽身掉頭來對付他，「嗤」地一聲，手中刀飛射而出。

「叮」地一響，半空中迸出星花，飛刀被戚少商的青龍劍震飛，劍勢依然直取顧惜朝，勢道更猛！

顧惜朝長空掠起，伸手一抄，抄住飛刀，以姆食二指執住刀柄，往下一劃，剛好格住了戚少商這一劍！

「叮」地刀劍再炸出星火！

顧惜朝以指長的小刀格住了戚少商凌厲無比的長劍來勢，星花四濺中，兩人尚未落地，顧惜朝已猱身而上，一刀連接一刀，纏著青龍一般的鋼劍，搶攻戚少商的要害。戚少商的長劍亦似奔龍一樣，翻騰轉折，以莫大的威力，攻殺向顧惜朝。

顧惜朝的小刀雖短，但攻勢絲毫不弱，兩人貼身而搏，小刀反而佔了極大的便宜，這短促的刀光左一刀、右一刀、上一刀、下一刀、前一刀、後一刀、正一刀、斜一刀，直把一條青龍切得四分五裂，爪斷足折，以使首尾不能呼應，進退失據。

戚少商馭劍射向顧惜朝之際，雷捲口中發出一聲長嘯。

他的人還未回首，身子已向後彈了出去，黃金鱗只見一件毛裘，飛撞了過來，頭、手、足全部都縮入毛裘裡去，他第一個感覺便是：自己決非其敵。

他一想到這點，便大叫一聲：「不關我事！」一面疾退。

雷捲倒撞而出的時候，已運起「霹靂雷電神功」，正要一擊格殺黃金鱗，但聽黃金鱗這聲大呼，立時想起，救人要緊，殺人其次！整個人在疾退中急拔而起，掠至沈邊兒、冷呼兒、鮮于仇三人格鬥的蒼黃馬上。

雷捲這一坐下去，格勒一聲，蒼黃馬立時足折而倒，三人身形同時往下挫，雷捲白嫩的手腳似閃電一般，在沈邊兒腋下一托，沈邊兒藉力騰上，電光火石間向游天龍、孟有威搶攻了十二招，游、孟二人應付得手忙腳亂，沈邊兒已然拉著穆鳩平身退。

同時間，雷捲已到了顧惜朝與戚少商的戰團裡。

顧惜朝正要把戚少商置於死地，忽見一團黑影捲來，此時天色初明，四周尚不十分明亮，顧惜朝一刀飛出，正中黑影，但黑影原來只是毛裘，一清瘦的身影疾閃而出，向他攻了一招。

這一招是一指。

姆指。

一指就捺在他的胸前。

顧惜朝奮力一側身，格的一聲，肩膊的骨骼，似是碎了，但是他射出去的飛刀，倒折而回，漾起一道血光，人影大叫一聲，也射回毛裘裡。

顧惜朝落地，臉色痛得鐵青。

戚少商正待追擊，雷捲沉聲道：「跟我走！」戚少商稍一遲疑，即隨雷捲飛退。

亦在這時，沈邊兒已示意穆鳩平下令道：「退！」剩下十餘名「連雲寨」忠心耿耿的死士，也跟雷捲、戚少商、沈邊兒、穆鳩平直往西南面退去。

這時，孟有威和游天龍搶過去看顧惜朝，顧惜朝捂著肩膊，似受傷極重，冷哼道：「追！」

黃金鱗忽道：「慢！」

顧惜朝怒道：「爲什麼？」

黃金鱗道：「顧公子忘了麼？他們再往前去就是碎雲淵，毀諾城！」

顧惜朝冷哼道：「咱們不迫他到碎雲淵，戚少商絕對不會自己跳過去；不迫他入毀諾城，他自己決不會打開城門，咱們就是要迫他進去！」他悻悻然道：「何況，息大娘要的是戚少商的命，未必會殺雷家的人！」

冷呼兒氣憤地道：「對！雷家的人，忒也大膽，一個都饒不得！」

黃金鱗略一沉吟，道：「好，這就追去！」想起雷捲背後撞來的聲勢，心有餘悸，忽道：「高局主。」

高風亮道，「屬下在。」

黃金鱗橫了持刀在一旁的唐肯，冷冷地道：「你的屬下可不老實。」

高風亮惶然道：「是，屬下不該帶他出來……」

黃金鱗皮笑肉不笑地道：「高局主，我看，你不是想把當年『神威鏢局』官餉失劫的舊事重演吧？」

高風亮冷汗涔涔滲出，道：「屬下，屬下……屬下一定處置這叛逆！」

黃金鱗冷哼道：「要處置，還等什麼時候！」

高風亮道：「是……不過……不過……」臉如死色。

黃金鱗臉色一沉，道：「你不肯？」

唐肯忽站出來，棄刀，大聲道：「大丈夫一人做事一人當，這件事粹純是我唐肯一時衝動，想替一些不該死的人解圍，要殺，就殺我一人好了！」

黃金鱗橫掃了高風亮一眼。高風亮毅然亮刀，咬牙切齒地咆哮道：「唐肯，你找死，可怨不得我！」一刀往唐肯當頭砍落，唐肯登時血流披面，仆倒在地。

顧惜朝看也不看，早已率連雲寨叛徒追趕，黃金鱗這稍作拖延，使自己已不用打頭陣，也偕冷呼兒、鮮于仇等官兵追去，高風亮期期艾艾道：「大人，屬下……」

黃金鱗臉上閃過一絲慍色：「怎麼，你不肯來殺賊麼？」

高風亮誠惶誠恐地道：「爲朝廷殺賊除奸，義不容辭，屬下怎甘落人之後？不過……這位鏢師跟屬下曾有一段同生共死渡過患難的時候，故請大人恩准，屬下留下一人替他收屍。」

黃金鱗心忖：人都死了，收屍姑且由他，不過看來這老匹夫懷有異志，他日鳥盡弓藏，這隻走狗不妨先烹了再說。心念疾轉，臉上堆起了笑容，道：「你這般念舊，當然不妨。李福、李慧！」

李慧、李福躬身應道：「在。」

黃金鱗道：「你們盯好那螃蟹手的！」

李福、李慧應道：「是！」

黃金鱗道：「我們不久便回來，這兒如有閃失，唯你二人是問！」

李福道：「黃大人放心。」

李慧道：「我們定不令大人失望。」

黃金鱗不再多說，往鮮于仇、冷呼兒等大隊人馬中趕去，高風亮向身旁一名腰繫大斧頭、腳踏鐵鞋的老漢說了幾句話，老漢點了點頭，留了下來。高風亮跺了跺足，也向黃金鱗那一批人馬趕去。

樹林旁，一時只剩下了那老漢，還有李福、李慧，以及十二名官兵，押著一輛囚車，車裡的人，衣衫碎裂，也分不清楚到底是血塊還是黑布，抑或是肉塊。囚車裡的人，是被一塊黑布罩住臉孔的。

李福看看形勢，向李慧道：「咱們把人押過去，背著山石坐下來，等黃大人回來吧，後面是樹林，總不大好。」

李慧道：「我看不如隱身密林，這樣較不顯眼，萬一有敵人來，也可以敵明我暗，易守難攻。」

李福則不大同意：「要是黃大人回來，咱們進了密林，豈不是找不到我們？」

李慧覺得李福的話甚是荒謬：「怎會找不到，他看不到我們，我們可看得到他呀！」

李福不喜歡李慧一副譏嘲他的神態，覺得這樣子的態度等於是侮辱了他的智慧，生氣地道：「好，你這樣說，待會兒出事，你可負責得起！」

李慧亦不喜歡他這個大他半個時辰出世的兄長這種並非就事論事的態度，賭氣地道：「有事發生，又怎麼樣？咱們也別那麼自貶身價，有什麼人我還擔當不了的！這人不死已斷了半氣，還能跑去那？再說，在我劍下，誰救得了他——」說著扯開了囚犯頭上的黑布，只見一張平靜閉目的臉孔，臉上血跡結成一塊一塊的，左眼角被打裂，右顴也青黑腫起一大塊，不過，在晨曦之中，這人英偉的容貌仍可以揣擬得出來。

李慧道：「這人是誰？」

押囚車為首的一名官兵道：「他是鐵手。」

李福、李慧並不知道這囚車裡的人竟是「天下四大名捕」之一的鐵手！他們喫了一驚，驀地，囚車中的人睜開了雙眼，神光暴現，李氏兄弟一齊退了兩步，李福失聲道：「是他？」李慧道：「鐵手？」四大名捕的威名，的確在武林人心目中有很大的力量，鐵手縱在囚車之中，重傷帶枷，奄奄一息，但平素作惡多端的李氏兄弟，一時也心驚膽戰。

兩人怔了一怔，這才想及鐵手仍在囚車之中，又念及當日在李鱷淚麾下何等威風，卻正是給「四大名捕」中的冷血一手攪砸，頓失靠山，要不是自己兩兄弟見機得快，趁風揚帆，結果堪虞，越想越怒，想這四大名捕之一落在自己手上，出一口烏氣也好！

李慧叱道：「兀那惡賊，你也有今天！」右拳向鐵手臉門擊去，鐵手要是捱這拳，這張臉就算毀了。

忽一人伸手一托，頂住了李慧的右肘，便是李福，李慧怒道：「你幹什麼？」

李福道：「黃大人只叫我們看著囚車，沒叫我們打殺囚犯，萬一——」說到這兒，沒說下去。

李福的意思李慧自然瞭解，兄弟二人心靈本就相通，故在外頗能同聲共氣，二位一體，但越是因爲如此，兄弟二人越想表現個別造就，故兩人其實並不和睦，諸多拗氣。這時李福的用意，是提醒李慧，萬一鐵手仍是黃金鱗的朋友，只是犯了一些事情才假意造作一番，並不是死囚或重犯，如此，鐵手若被釋放出來，他倆濫用私刑，豈不又惹上一個煞星？

李慧道：「我看……不像……你看，他被打成這個樣子——」鐵手此際被折磨得十分悽慘，李慧當然覺得如果鐵手跟黃金鱗是一伙的話，黃大人自然就不會用這般重刑，既然用上了，那麼，這人是斷然沒準備讓他活下去的。

李福覺得李慧不肯聽他的話，便沒好氣道：「那麼，你高興打便怎麼打去，反正我管不著！」

李慧倒也不敢造次，萬一黃金鱗譴責下來，他已失去李鱷淚這大靠山，未必承受得起，便道：「也罷，就聽你的話，入樹林裡去吧！」

李福這才高興起來，一行人把鐵手的囚車推入樹林裡，場中只剩下一個老漢，正在掘地埋屍，也沒人留意他。

因爲沒有人留意他，又離得太遠，更沒注意到他在低聲跟地上的「死人」說話：「唐肯，你知道你這樣做，會累死了全鏢局的人嗎？」他一面說著，一面把一股內力，傳入地上那「屍體」的體內。

那「屍體」便是唐肯。

唐肯只覺心脈一股暖流傳入，迷迷糊糊的醒了過來，只記得局主高風亮就在自己頭上斫了一刀，以爲自己死了，睜目一看，卻看見局裡的另一位鏢師勇成。

勇成在「骷髏畫」事件中，是「神威鏢局」中唯一不肯變節的鏢師，跟唐肯、高風亮反攻「神威」時出過大力，唐肯對他有一份親切的感情，只聽勇成又道：「局主用的是『庖丁刀法』來斫你，所以刀鋒反鈍，以無厚入有間，生殺自如……你只是頭上受了點輕傷，淌了點血罷了，死不了的！」

唐肯聽得這樣說，才知道自己還沒有死，想掙起來，勇成用手按住他，低聲疾道：「不行，你不能起來，否則，局主也救不了你。他斫你那一刀，原趁大家沒留意，才不發覺，而且他們也覺得你不足爲患，故沒生疑，你這樣起來，給樹林子裡的人看到，不但你我非死不可，連局主也得受累，可千萬起不得。」

唐肯眼角既有些潮濕，也不知是血是淚，小聲的說：「我知道局主對我好……可是，他實在不該恩將仇報，殺死雷家三兄弟啊。」

勇成臉肌搐動了一下，微嘆道：「我也不同意局主的做法，不過，他委曲求全，那也是無可奈何的事。要知道，文張文大人本來命他殺的是戚少商，但他因念戚少商之情，並沒有對他下手；李氏兄弟要他殺雷捲，但他也顧及雷門的義氣，沒有下手，只好選雷遠來殺，你想，要是那一刀是向戚少商或雷捲砍去，他倆不防，可有活命的餘地麼？」

唐肯擔憂地道：「可是，局主這一刀，也失了江湖義氣……成叔，你想，雷家的人會放過局主嗎？」

勇成無奈地道：「唉。我也覺得，自從鏢局那次變難後，局主也似變了個人似的，行事藏頭縮尾，諸多顧慮，且跟官府勾搭，全沒了當年志氣！」

唐肯覺得頭上熱辣辣的痛著，他自小歷艱辛成習慣，很能忍痛，但這樣躺著不動反而很不舒服，道：「成叔，那我現在，該怎麼辦？」

勇成想了一想，道：「我把你埋下去，但留了個透氣的窟窿，泥是鬆的，我埋得淺，我走後，待他們也走了之後，你來個『死屍復活』，再填平泥土，大致上不會啓人疑竇。」

唐肯道：「哦！」

勇成又道：「局主雖然性情大變，但人心沒變，他念在你曾爲他效過死命，重振神威，所以，甘冒大險不殺你，這點心意，也算難得了。」

唐肯心中感動，一時說不出話來。

勇成道：「樹林裡李氏兄弟必在監視著，我不多言了，把你埋了。」

唐肯忍不住問了一句：「他們在樹林裡做什麼？」

勇成道：「他們押了一個囚犯，生怕有人劫囚，所以退入樹林。」唐肯任俠之心，一向不減，又問：「囚犯？什麼囚犯？」由於他自己被人冤枉過，當過囚犯，所以對「囚犯」特別敏感。

勇成長嘆道：「聽說便是『四大名捕』中的鐵手鐵二爺，看來，又是一場冤獄！」

唐肯心中一震：怎麼是鐵手！想啓齒再問，勇成已開始在掘土，因離得遠，唐肯也不敢揚聲發問，心裡只是在想：怎麼辦？鐵二爺竟給人抓了，以「四大名捕」義薄雲天，爲民除害，想必是冤的，可能是給人設計陷害。

唐肯雖未見過鐵手，但素聞鐵手威名，而且，「神威鏢局」一案全仗冷血鼎力相助，才能沉冤得雪，唐肯也洗脫了罪名。唐肯對「四大名捕」自是又敬重又感激。

唐肯心裡焦慮著，勇成已掘好了淺坑，過來抱起唐肯，塞了包金創藥給他，低聲說：「好了，下去吧，一切，都看你運氣了，暫時，還是別回鏢局去吧。」

唐肯正想問，那麼鐵二爺就由他……勇成已把他拋入坑裡，泥沙已經罩下來了。勇成爲了做得愈像，愈可不使人生疑，所以手腳愈是俐落。泥土是鬆軟的，勇成在泥層向著唐肯正臉留下了很大的窟窿，心裡想道：「唐肯躲開此劫，總該找個地方，躲匿一段時期吧？」

十二　轎中幪面人

又過了一會，唐肯在沙堆裡昏昏沉沉的，但心裡一直在想：鐵二爺就在囚車裡，我該怎麼辦，我該怎麼辦……？李福、李慧等就在樹林子裡納涼，這些人不離去，唐肯就不能自沙堆裡出來，這時日頭開始猛烈了，唐肯給悶得確實有些頭昏腦脹。

忽然一陣蹄聲急起，唐肯全身都陷在沙堆裡，只有臉鼻冒出了一小截，聽覺也不靈便。待發覺時，身上已被幾下重踏，一塊大黑影已掠了過去，才知道一匹馬自身上的沙堆疾馳而過，幸好沙堆得夠厚，而且總算也沒踩著臉部，否則，準要受傷不可。

只聽那馬上的人呼叫道：「別動手，自己人！」想必是「福慧雙修」以為有人來襲，要大家動傢伙。

只聞李福道：「哦，原來是你。」

李慧道：「馮總領，不知有何見教。」

那打馬趕來的人正是馮亂虎，郭亂步跟宋亂水、馮亂虎隸屬於顧惜朝管轄，跟李氏兄弟所隸屬的不同，所以彼此之間，也並不十分和洽，這時正見馮亂虎打馬趕馬，滿頭大汗，額前青黑了一大片，那自是因爲曾吃了雷捲一指之故，大聲道：「黃大人要你們趕快押犯人回衙，別在這裡守候了！」

李福、李慧互覷一眼，李福狐疑地道：「怎麼……」

李慧接道：「難道……前面出了事嗎？」

馮亂虎道：「唉，不要提了，沒想到……怎麼，你們不信嗎？」掏出一方印璽，道：「這是黃大人的手令，他怕你們在這兒守候太久有失，還是先押此人入城再說。」

李氏兄弟見黃金鱗手令，當下不再置疑，而在泥沙裡的唐肯乍聞此訊，心中一喜，忖道：莫非是黃金鱗、顧惜朝等追捕戚少商、雷捲等出了亂子？隨即又憂慮了起來：高局主和成叔都在那兒，會不會也有意外？心裡一喜一憂，便聽李福、李慧喝令士兵，押著囚車，轆轆的行將出來。

李福、李慧，一在前，一在後，押著囚車，連同那十二名官兵，走了出來，馮亂虎則在中間策馬貼在囚車巡視，這行人和車馬，走過的地方，其中一處，正好隔著泥土，輾在一個未死的人的身上。

這人當然就是唐肯。

當李福等走過他「身上」的時候，他腦裡一直盤旋著一個意念：要不要救鐵手，要不要救鐵手……等到囚車轆轆，從泥上輾過時，他再也按捺不住，大叫一聲：「鐵二爺！」飛身而起！

壓在他身上的沙子，其實也有相當的重量，他一躍而起，肌骨一時仍未舒伸靈動，只是他自地裡躍起，實在出現得太過突然了！

他一躍而起，一行人全都怔住，像看見一隻鬼一般。

唐肯一刀砍在囚車上，又叫了一聲：「鐵二爺。」

鐵手緩緩睜開了雙眼，唐肯和鐵手是平生第一次照面，但唐肯卻覺得鐵手看他的眼神，就像看一個熟朋友一般，平靜、溫暖、但不激動，唐肯瞥見鐵手全身傷痕，想起當年他自己在獄中被拷打的情況，又記起許多有關「四大名捕」俠義救人的事跡，心中大是不忍，一下子，什麼都豁了出去，大聲道：「我來救你！」一刀一刀的砍在囚車木柵上。

馮亂虎策馬衝了過來，叱道：「小子還想再死一次！」身子一俯，一劍斬向唐肯。

唐肯這時已砍斷了七八根囚車的木栓，鐵手微弱地叫道：「快走……」馮亂虎的鐵劍已砍了下來。

唐肯舉刀一格，「噹」的一聲，格住一劍，那馬直衝向他，他忙扶鐵手往車內一閃，險險擦過，但那一格之力反挫，刀背略為碰在頭上，他的頭頂本來就受了傷，這一碰劇痛攻心，「哎唷」了一聲。

鐵手道：「你怎樣了？」

唐肯見鐵手身負重傷，命在垂危，卻來關心自己，心中感動已極，道：「我沒事。」發覺鐵手軟弱無力，原來身上至少有七八道重穴被封，而且，手腳還戴枷上鎖，都是純鐵打鑄，一時解得穴道，也打不開枷鎖，不禁大急，這時，那十二名官差散開，團團圍住了他，而李福、李慧齊齊嗆然拔劍，一前一後，進逼而來。

唐肯已經不及去解鐵手的穴道，持刀對抗，他也明知自己決非「福慧雙修」之敵，但而今只為了救鐵手，什麼也不管了。

正在這時，忽聽一人道：「犯人可是鐵游夏？」

這一發聲也沒有什麼特別之處，但人人都以為自左耳畔響起，忙向左一看，卻並無人說話，但見樹林子裡，有四個幪面人，抬著一頂轎子，緩緩行了出來，轎子所披和幪面人身上所著的，全都是紫色的絨布，遠遠看去，也可以看得出其質地極端名貴。

這下子，光天化日下，樹林子裡忽然走出了四個幪面人抬著一頂轎子，一時間，李福、李慧等如臨大敵，吩咐十二名軍士圍成半月形陣式，唐肯忽想起一人，向鐵手喜道：「是不是無情大爺？」

不料鐵手臉色凝肅，緩緩的搖了搖頭。

唐肯奇道：「那麼，他是……」話未說完，馮亂虎自馬上一蹬，一撲而至，一劍斬下！

唐肯奮力一擋，還回砍一刀，馮亂虎閃過一刀，兩人交手七八招，馮亂虎的刀，忽然變了方向，專攻鐵手，唐肯慌忙阻攔，這一來，變成馮亂虎有兩個攻擊對象，一是唐肯，二是鐵手，而只有一人能作招架還擊，這樣自然是佔盡優勢，又七八招，唐肯已是被迫得手忙腳亂，左絀右支。

這時，那聲音又徐徐響起：「閣下是不是鐵手？」這次是分明自轎裡傳出來的。

李福叱道：「你問來作什麼，快滾！」

李慧喝道：「我們是官差，再不走開，連你一起殺了。」

轎裡的人悠閒地道：「哦？你是官差，就可以連我一起殺了麼？」

李慧一揚劍道：「你以爲我不敢！」

李福卻問了一句：「閣下是什麼人？躲在轎裡，鬼鬼祟祟的做什麼？」

轎裡的人卻仍是在問：「鐵手？」

鐵手強持丹田一口氣，道：「在下正是。」

轎中人道：「憑你鐵手神功，怎會給這干無能之輩所趁？」

鐵手道：「我是甘願伏法的，只是，沒想到……」

轎中人微訝道：「哦？你犯了什麼法？」

鐵手道：「我放了幾個皇上下旨要抓的俠盜。」

轎中人即道：「是戚少商他們吧？」

鐵手也微詫道：「是，閣下……？」

轎中人截口道：「他們若要押你回京師便了，又何苦這樣來折磨你！是黃金鱗、鮮于仇、冷呼兒那些下三濫的東西幹的罷？」

李福、李慧一齊怒叱：「閉嘴！」兩人一齊持劍躍出，李福把手一揚道：「你押陣！」

李慧道：「我先上！」李福道：「我先！」李慧道：「好！」即退回陣中。

就在李福、李慧極快的幾句對話間，轎子那兒也說了幾句話，轎外的幪面人甲道：「爺，讓我來！」轎中人道：「不必，我好久未試劍了。」幪面人乙道：「爺，這地方很髒，你要小心。」轎中人道：「我省得。」

這時，李福已化作一道劍光，直射向轎子。

幪面人丙和丁連忙分左右把轎帘拉開，裡面有一個衣著十分華貴的幪面人，這人嗖地掠了出來，幪面人甲連忙相隨掠起，雙手捧著一柄十分名貴的劍，疾道：「爺！」轎中幪面人一頷首，李福的劍已然刺到。

轎中幪面人嗆地一聲，自幪面人甲奉上的劍一拔，李福只知眼前精光一亮，心裡只來得及想，天下怎會有這樣明亮的劍！第二個念頭還未來得及轉，自己手中的劍已斷開七截，左肩也開了一道長長的血口！他驚叫了一聲，轎中幪面人卻把劍往幪面人乙一拋，道：「髒了。」幪面人乙一手接住，即往襟內掏出一塊極其名貴的絲絹抹揩劍上的血漬。

轎中幪面人又遙指李慧，道：「我連他也一併教訓！」飛身而起，他離李慧足有五丈遠，掠出丈餘，身形往下一沉，幪面人丙和幪面人丁已搶到他落腳之處，在地上迅速地鋪了一塊紫色絨布的厚墊，轎中幪面人不慌不忙，右足藉力一點，又憑空躍起，掠向李慧，他腳下名貴的紫色絨靴，竟全不沾掠上泥塵。

他凌空躍起，幪面人甲已趕不上去，但迅速在轎中掏出一柄純銀打造的劍，飛擲而出，邊叫道：「爺，劍！」轎中幪面人躍至李慧身前，手中本沒有劍，李慧一劍刺去，卻刺了個空，待把住椿子回首之際，轎中幪面人已接過銀劍，一劍劃出，李慧慘叫一聲，和著血光捂肩而退，手中劍嗆然落地。

轎中幪面人一手把劍回甩，道：「又髒了！」銀劍教幪面人丁接住，轎中幪面人卻不落地，身形微微一沉，當即再起，竟躍過十二名軍士的刀槍，直落入唐肯和馮亂虎的戰團，只聞他說了聲：「劍來！」幪面人乙的劍已經抹好，長空投去，馮亂虎知道這人厲害，不戰唐肯，立意要在這人未接到劍之前把他格殺，招招都是殺著，但那人的身子直似羽毛一般，只要驚起一點勁道都會把他吹走，在劍未刺中之前的刹那間換了位置，馮亂虎劍劍刺空，還待再刺，突然之間，劍光一閃，馮亂虎手中的劍從劍尖到劍鍔，裂成兩片，這下可把馮亂虎震住，只見那轎中幪面人手裡已有劍，正飄然落了下來。

他人才落下，那幪面人丙、丁已趕至，兩張錦墊立時送到他腳下，轎中幪面人仍是雙腳未沾塵埃，這時，劍光突又閃了一閃。

馮亂虎心知肚明：要是這人手中劍再加一點點力，自己的虎口手腕就勢必被斬斷，登時嚇得出了一身冷汗。幪面人把劍一拋，幪面人丙忙雙手接住，只聽他悠閒地道：「抹一抹！」幪面人丙恭敬地道：「是，爺！」

轎中幪面人倒後一翻，竟直掠回轎中！他人一入轎，幪面人甲、乙兩人，一搖紫羽扇，一個用名貴酒壺斟了半杯，道：「爺，喝茶。」轎帘又垂了下來，再也見不到幪面轎中人的模樣。

但就在他自轎中去來間，已換了三次劍，打敗了三名一流劍手，腳底連半點泥塵都不沾。

其實，李福、李慧肩上所受的傷也不算重，但傷得恰到好處，兩人都哼哎有聲，無法提劍再戰，馮亂虎膽氣本豪，現在卻站也不是，戰也不是，只聽轎裡悠哉遊哉的聲音道：「鐵二捕頭，你可以走了，他們不敢留你的。」

唐肯見那轎中幪面人在兔起鶻落間已摧毀了所有敵人的戰志鬥志，目定口呆了一陣，這時回望過去，才發現鐵手頸上、雙手、雙踝間的鐵鏈、枷鎖全已被劈開，才知道最後那次劍光一閃間，那人已斬開了鐵手身上的禁制，而自己還懵然不知。

只聽鐵手沉聲道：「謝……」

轎中人截斷道：「你走吧。我在這兒，這裡的人，在你沒有走遠之前，誰也不會動一動的！」忽喚道：「喂，漢子！」

子，道：「你，叫我？」

唐肯怔了一怔，東看，西看，只見鐵手向他點了點頭，唐肯指著自己的鼻

轎中人道：「你扶他去吧！」

唐肯道：「是。可是……」

轎中人道：「你要馬代步是不是？」頓了一頓，道：「那兩兄弟會把馬借給你的。」

唐肯大喜忙過去把鐵手扶到一匹馬上，然後自己縱身上馬，揚聲問道：「閣下救命大恩，在下永誌不忘，敢問……」

鐵手忽道：「不必問了，他要是方便說，又何必幪面！」

轎中人笑道：「正是，我今天救你們，說不定，改天便要殺你們，彼此不須欠情，日後動起手來，也方便一些。」

鐵手道：「好，就此別過，後會有期。」唐肯牽著他的馬，自緩而速，絕塵而去。李福、李慧、馮亂虎及那十二名軍士，真箇連動都不敢動，更遑論去追了。

鐵手與唐肯去遠後，幪面人丙說：「爺，咱們這樣做……？」

轎中人長舒了一口氣，道：「儘管日後可能與他決一死戰，但總不能眼見英雄好漢遭狗腿子凌辱！」

幪面四人都垂手道：「是！」

十三　夢幻城池

一座白玉般的城池，在這幽森的林子裡，幽幽玄玄的出現。

戚少商、雷捲、沈邊兒、穆鳩平及這一干走頭無路的人，在林子裡左竄右突，在尋找出路，便在這時，在林木、枝葉、椏杈之間和樹梢上的視野裡，積木似的隱現了這般夢幻似的城池，左一塊，右一塊，待突然奔出了林間，整座城堡，便在眼前！

穆鳩平失聲道：「毀諾城！」

沈邊兒卻低頭看通向那座夢幻城池的護城河：「碎雲淵」。只見河上氤氳著濃霧，什麼也看不清楚，只知道這城堡建於絕地，鳥飛不入，若要硬攻硬打，就算是調度三萬精兵，也一樣固若金湯。

河間隱隱約約，有一道古老鐵索橋，通向城門：這似乎是入「毀諾城」的唯一通道。

「毀諾城」冷冷清清，在外邊的堅石冷樹，彷彿花到此地，再不開放，鳥也不敢再鳴叫了。

雷捲忽道：「敵人迫近了。」

人人都望向戚少商。穆鳩平焦急說道：「可是，戚大哥要是進去，那是自尋死路！」

沈邊兒忽然哈哈笑道：「是了，敵人來了怎樣？最多不過是一拚，省得找女人庇護，辱沒了聲名！」

雷捲也道：「要入毀諾城，那索橋是必經之路，對方若在橋上加以暗算，咱們就只好死在河裡餵王八，橫豎是死，死在陸上痛快多了！我可不會泅泳。」

那一干遍身浴血的連雲寨弟兄也紛紛附和道：「是！」「對呀！」「什麼毀諾城，送給我都不要進去！」「碎雲淵有什麼了不起，咱們突圍好了！」「讓息大娘那老姑婆息了那條心吧！」

穆鳩平如雷般喝了一聲，道：「對！咱們突圍去！」

戚少商忽道：「人已在三方包圍，咱們突不了圍！」

沈邊兒道：「突圍不了，最多拚命，對方只有顧惜朝、黃金鱗、鮮于仇、冷呼兒、郭亂步、馮亂虎、宋亂水、游天龍、孟有威、高風亮、李福、李慧是硬點子，咱們未必拚不過他！」

戚少商道：「他們人多，援軍還會繼續增添。」這時，後、左、右三個方向的風吹草動胡嘯之聲越來越緊密。

雷捲道：「他們有的也帶了傷……咱們拚得活一個是一個！」

戚少商說道：「可是，劉獨峰就要來了！」

這句話一出，大家都靜了下來。戚少商長吸一口氣，道：「咱們過去吧！」當先行出，雷捲道：「也罷，看它是什麼龍潭虎穴！」跟著行去。一行人走到鐵索橋中，大霧遮掩了一切，連旁邊的人也看不清臉孔，突然之間，那索橋劇烈地顛簸起來，穆鳩平一面忙於穩住步樁，一面罵道：「兀那婆娘，竟設計害咱們，要給我拿住——」

連沈邊兒與雷捲，眼中也昇起憂懼之色，沈邊兒心想，這次糟了，恐怕要全軍覆沒於此了！雷捲暗忖：怎麼如此大意疏忽，不留些人在岸上以觀變化！

這時，樹林邊的追兵已全趕到，顧惜朝、黃金鱗、鮮于仇、冷呼兒走在最前面，看見鐵索橋高空翻起，如一個巨人的巨靈之掌一般，幾個翻轉，「叭」地一聲，打在河流中，橋上的人，自然都落入河中，只聽慘叫連連，不一會，沙上昇起了幾具骨骼。這一群追兵連日來與連雲寨數番劇鬥，而今眼見敵人變了白骨，胸中雖放下了心頭大石，但心裡亦若有所失。

冷呼兒駭然道：「原來這河水是化骨池！」

顧惜朝道：「嘿，沒想到，戚少商終於還是死在息大娘手下。」

鮮于仇猶有未甘，道：「只是這樣子太便宜他了。」

黃金鱗忽道：「顧公子。」

顧惜朝道：「黃大人你可心滿意足了？」

黃金鱗道：「不知公子跟毀諾城裡的息大娘熟不熟絡？」

顧惜朝一怔道：「你想見她？」

黃金鱗道：「敵人的朋友也會是自己的朋友，我想見一見她，準沒錯兒。」

顧惜朝道：「聽說此姝脾氣倔強，十分兇悍，敢作敢爲，沒有必要，還是少招惹她的好。」

黃金鱗沉吟了一下，道：「我有一事不解。」

鮮于仇沒耐煩的說：「眼下強敵盡滅，黃大人還有什麼事解不開的，還是回到醉月樓、尋芳閣慢慢再說吧！」

顧惜朝沒理會他，問：「黃大人，什麼事？」

黃金鱗忽一笑道：「顧公子運籌帷幄，決勝千里，爲國爲民，操心勞神，對女人風情，不枉費神。……下官卻難免有些定力不足，紅粉知音，亦有幾人……」

冷呼兒冷笑道：「原來黃大人卻數起他的風流韻事來了。」

顧惜朝知道黃金鱗有話要說，便道：「黃大人的意思是……」

黃金鱗正色道：「一個女子，如果這般痛恨一個男人，似乎不會把他……還沒照面就變成一堆白骨……」

顧惜朝何等聰明，立即道：「你是說——？」

黃金鱗臉有憂色，點了點頭。

顧惜朝霍然道：「好，我求見息大娘。」長衫一折，手下遞來紙筆，他即揮毫成書，束捲繫於箭尾，彎弓搭箭，「嘯」地一聲，射入隔河的城牆內。

黃金鱗不禁讚道：「公子真是文武全才，難怪傅相爺這般賞識。」

冷呼兒這才弄清楚大概是怎麼一回事，道：「不可能罷，我們是親眼看見戚少商這些人被倒入河中的，人都已變成了一堆堆骨頭了，怎會……」

顧惜朝道：「要是息大娘拒見，那就表示有問題。」

黃金鱗道：「她要是真來個相應不理，我們……是否真的要揮軍攻城？」

鮮于仇望望城牆，望望索橋，再望望深河，道：「只怕……這兒不好攻。」

黃金鱗有些愁眉不展地道：「問題是：文張文大人交待過，毀諾城是拉攏的對象，最好不要樹敵。」

冷呼兒冷笑道：「文大人？他懂個什麼？半年前他還是個地方小官，而今乘了風掌了舵，也來發號施令了。」

黃金鱗笑道：「還是冷二將軍豪氣，拿得起主意！」

驀地，呼地一聲，一枚響箭，疾射而來，顧惜朝左手一翻，已抓住響箭，拆開箭尾的字條一看，喜道：「息大娘肯接見我們了。」

冷呼兒冷哼了一聲道：「量她區區一個小城主，也不敢得罪我們這些朝廷命官。」

只見鐵索橋又慢慢放了下來，黃金鱗等你望我，我望你，宋亂水道：「公子，看來，那婆娘是要我們走過去……」

郭亂步即道：「不可以，前車可鑒！」

馮亂虎道：「咱們可以留大軍在此，派代表過去。」

郭亂步道：「可是，誰要是過去，勢必要甘冒奇險。」

黃金鱗忽笑道：「下官素來膽小，冷二將軍一向藝高膽大——」

冷呼兒臉色都黃了，強笑道：「不行，不行，要論膽色，還是鮮于將軍行！」

鮮于仇忙搖手道：「我那裡及得上冷將軍你！何況冷將軍有雙羽翼，可以滑翔，我麼？那是連泳術也不會，怎能負此重任……」

顧惜朝忽道：「我去。」

郭亂步道：「大當家，不行，你怎可冒險犯難？」

顧惜朝冷笑道：「人家已打開了大門，咱們總不能連代表都派不出一人！」

宋亂水道：「我隨大當家去。」

黃金鱗忽道：「可能誰也不必去。」

郭亂步道：「哦？」

黃金鱗道：「因爲他們已經派人出來了。」

橋心有一個中年婦人，正緩步姍姍走來，遠遠看去，臉貌甚是娟好，髮尾紮著藍色頭巾，隨風飛曳，然而走得越近，越感其秀氣迫人。

顧惜朝走到橋頭，躬身一揖，道：「拜見息大娘。」

婦人道：「誰是顧惜朝？」

顧惜朝：「在下正是。」

婦人道：「咱們已替你料理了敵人，你還要做什麼？」

顧惜朝彬彬有禮的道：「大娘名聞江湖，卻無緣一見，今特來拜會。」

婦人笑啐道：「呸！我叫秦晚晴，才不是息大娘，你要見息大娘是嗎？」

顧惜朝一愕，忙道：「是。」

秦晚晴一笑，回手一撒，一朵金花煙火，直沖而上，不一會，橋上又走來了一個老嫗，一步一頓，手拏白色籐杖，然而眼神甚有風情，顧惜朝又一揖：「晚生拜見息大娘。」

老嫗點了點頭，問秦晚晴：「他說什麼？」秦晚晴大聲說了一遍，震得在丈外的眾人，耳朵嗡嗡作響，心裡都吃了一驚：沒想到這秀氣婦人，內力如此充沛。

只見那老嫗道：「他要見息大娘呀？」

顧惜朝知道這老嫗耳朵有點不靈光，也運足氣道：「婆婆不是息大娘？」

老嫗笑道：「息大娘，她是我這般年紀就好囉。」咧嘴一笑道：「我叫唐晚詞，你要見息大娘，好，這也不難。」揚手一甩，啪地又在半空炸出一朵銀色的煙花。

過不一會，橋心上又出現了一人，這老婆婆蹣跚顛蹭，白髮蒼蒼，在橋上走著，使人擔心她給風一吹，直落深淵。這老婆婆一搖一擺的上了橋墩，雙手拿著拐杖，好一會才喘平了氣，張開了嘴，卻沒有了牙齒，說了幾句幾乎被大風吹走的話：「你是誰？」

顧惜朝這下可學乖了，並不馬上揖拜，道：「在下顧惜朝。」

老婆婆問：「要見誰？」

顧惜朝答道：「息大娘。」

老婆婆搖首道：「老身叫南晚楚，大娘今天心情不好，不會見你們的，你們回去吧。」說著，巍巍顫顫的拄杖要回去。

顧惜朝忙道：「南婆婆。」

南晚楚回首問：「怎麼？」

顧惜朝道：「晚輩真心誠意要拜會息大娘，請婆婆傳報一聲。」

南晚楚道：「你跟大娘又素不相識，她豈肯見你！」

顧惜朝欄在橋墩前，道：「息大娘爲朝廷除掉重犯，定當上報，朝廷必有重賞，若息大娘肯予接見，教晚生便於爲毀諾城說話。」

南晚楚道：「我們並不汲汲於功名，你的好意，就此代大娘心領。」

顧惜朝道：「婆婆真不肯替在下引見？」

南晚楚已走近橋墩，忽道：「公子是不讓老身回城了？」

顧惜朝略一遲疑，立即閃身一讓，笑道：「這個晚生怎敢……？不過，在下實在不明白何以息大娘不肯讓我拜謁一面？」

南晚楚走上橋墩，唐晚詞和秦晚晴一左一右，扶住了她，南晚楚忽道：「你真的要見大娘？」

顧惜朝道：「是！」

南晚楚在唐晚詞和秦晚晴扶持之下，蹣跚的往橋心走去，「若你真的要見，請跟我來。」這時，兩方相距已有段距離，風聲厲烈，但南婆婆的聲音卻清晰可聞。

顧惜朝走前兩步，本要走上索橋，但又停住，終於揚聲道：「婆婆，大娘既不肯素臉相見，在下也不想相強，那就罷了，至於殺戚少商一事，婆婆就替在下謝過大娘罷！」

唐、秦、南三人也沒什麼反應，逕自往橋走去，終消失在橋心的濃霧裡。

宋亂水一直站在顧惜朝身旁，此刻忍不住道：「這幾個臭婆娘在擺足架子，我說，大當家的又何必紆尊降貴的要過去！」卻驀地發覺：在如此酷烈的風中，顧惜朝背後的衣衫已濕透！

只聽顧惜朝喃喃地道：「好險，好險！」

黃金鱗走了過來，兩人交換了一眼，黃金鱗臉上憂色更濃：「恐怕，這座夢幻城池，確有問題。」

顧惜朝長吁一口氣，道：「她們故佈疑陣，幾乎，連我也忍不住要隨她們過橋入城去了……只怕，我未必走得過這橋心！」

孟有威在一旁不服氣地道：「幾個老太婆，能奈公子何！」

「老太婆？」顧惜朝道：「後二人都經過喬裝打扮，而且易容術都十分高明，只怕……其中一人，還是息大娘本人！」

孟有威嚇了一跳，失聲道：「吓？」

游天龍不明白地問：「那麼，公子又放虎歸山？」

顧惜朝將手心的汗揩在衣襬上：「她們要是三人同時合擊，剛才的處境，我未必能接得下……」頓了頓，隨即傲然道：「不過，她們也沒有把握殺得了我！」

鮮于仇憂疑地道：「那麼，我們千辛萬苦的追戚少商等來此地，豈不是一子錯，滿盤皆落索？」

顧惜朝道：「那也不一定，何況，我們是親眼看到鐵索橋翻轉，把戚少商等倒落河中的。」他指了指，河上仍飄著十幾具白骨，至於肌肉衣物，盡皆銷融。

宋亂水罵道：「賊婆娘，裝神騙鬼，準沒安好心眼！」

黃金鱗忽道：「一錯不能再錯，我們已擒住了鐵手，不容有失，這兒的事，又似一時三刻解決不了，不如叫人走一趟，把鐵手先押回京，免得夜長夢多。」

顧惜朝道：「好，叫馮亂虎去，他夠快！」於是馮亂虎受命出發，趕至林子通知了「福慧雙修」，不料唐肯拚死救鐵手，又來了一班幪面人，使他們既失囚犯，又掛了彩，這且按下不表。

至於黃金鱗、顧惜朝等仍圍著毀諾城枯守著，冷呼兒卻不耐煩，道：「這樣乾巴巴的在這兒，算作什麼？要嘛，揮兵攻進去；不要嘛，窮耗在這兒，一點意思也沒有！」

黃金鱗冷冷地道：「既然冷二將軍天生神勇，就由你領兵攻城吧！」

冷呼兒眼見那飛鳥難入飛猿難攀的城池，便悶住了氣不說話，鮮于仇也蹩不住了：「咱們現在既不進，也不退，豁在這兒，幹什麼來著？」

黃金鱗道：「等人。」

冷呼兒問：「什麼人？」

黃金鱗道：「一個可以解決一切問題的人。」

冷呼兒、鮮于仇齊聲問：「誰？」

黃金鱗道：「『捕神』。」

這次是冷呼兒、鮮于仇、宋亂水一齊失聲道：「劉獨峰？」

高風亮道：「聽說此人養尊處優，又有潔癖，他……他老人家肯來這些地方嗎？」

「我很老嗎？」一個聲音忽然傳來，就似響在場中每人的耳畔：「其實你可能還比我老上幾歲呢！」

只見林中出現了一行人，四個錦衣華服的人扛著一頂紗帳軟墊的上品滑竿，竿座上，坐著一個尊貴高雅的人，臉容給竿頂垂紗遮掩著，瞧不清楚，還有一前一後兩個鮮衣人，一開道一押陣，在這山林亂石間，悠然行來，令人錯覺以爲是京城裡的一品大官出巡一般。

十四　息大娘

那老婆婆南晚楚，在老嫗唐晚詞和婦人秦晚晴的扶持下，過了索橋，南晚楚問：「鐵橋的機關，全部開動備戰。」秦晚晴道：「是。」自懷裡摸出一條藍色絲巾，往城頭揚了揚，城上略有人影閃動。

南晚楚的聲音忽然變了，變得清脆，好聽，就像清風吹過風鈴的聲響，忽然間，她一點也不老態龍鍾了，也完全不需要人扶持，向秦晚晴問：「他們都在『沉香閣』裡？」

那繫藍頭巾的美婦嫣然笑道：「是。」

南晚楚道：「晚詞，妳也不必扮成那個老不溜掉的模樣了。」

老嫗笑道：「是。」三人已走入城堡，老嫗一面走著，一面卸妝，旁邊有十數個女子替她卸妝，很快的，這「老嫗」唐晚詞變成了一位非常嬌艷的美婦，她與秦晚晴相視一笑，道：「大娘您呢？」

南晚楚笑啐道：「我卸什麼裝？讓他們看看我老了的樣子也好。」

唐晚詞和秦晚晴都笑了起來。這兩個美婦，笑起來都十分風情。南晚楚笑道：「笑什麼，大敵當前，要好好守城！」

唐晚詞道：「城固然要好好守，但心裡總爲大娘高興。」

南晚楚不在意的道：「高興什麼？」

秦晚晴摸摸髮後的藍巾，笑道：「這些年了，他，終於來了。」

南晚楚喃喃地道：「這些年了……」忽然之間，又似老了許多，往城內走去。

她才離開，秦晚晴與唐晚詞立即部署，這一座就算是千軍萬馬，也不易攻破銅牆鐵壁的「毀諾城」。

南晚楚一路走去，到了一處精緻的水閣，她捨棄大門不入，反而走到一幅牆上，這牆壁上畫著一對男女，女的在梳妝，男的正替女子畫眉，情深款款，意態繾綣，手筆十分旖旎，南晚楚怔怔的看了一會兒，幽幽嘆了一口氣，伸出手掌，在牆上畫著的那支眉筆上一拍。

就在她伸手出袖的一剎，可以見到她的手白皙嫩滑，秀氣匀美，然後，牆壁立刻出現一道裂縫，她一低首就走了進去。

裡面是一間偌大的廳房，她驀然出現，數十雙眼睛在瞧著她。

裡面的人，衣衫盡血，幾乎沒有一人不受過三處以上的傷痕的，這時，鴉雀無聲，只有一個裹著厚厚毛裘的人，在發出輕聲的咳嗽。

其中一人，走前兩步，雙眼直勾勾的瞪著她，眼神裡無限癡情，道：「妳來了。」她看見此人只剩下一臂，滿身都是血和傷，只是俊偉的樣子隱約還可從五官追溯得出，憶起他從前的丰神俊朗，點塵不沾，心中一酸，險些掉下淚來。

她竭力忍住悲酸，強自鎮定地道：「我叫南晚楚……」但還是忘了裝出那蒼老的聲音，在廳中的人乍聽一個老太婆的聲音清脆如鶯，都疑真疑幻。

斷臂人愴然道：「大娘，妳再化裝，我也認得出來，妳既然來了，又何苦不相認呢？」

息大娘長吸一口氣，幽幽地道：「你……還認得出我？」

斷臂人上前走一步，道：「大娘，妳的眼睛，我會記不起嗎？這許多年來，我念念不忘的就是妳，天可憐見，今回，雖然一敗塗地，但終教我可以再見著妳了。」

廳中眾人都驚疑不定。這一干人正是連雲寨的逃亡者，他們抱著必死之心走向「毀諾城」，結果索橋吊起，忽然裂開了一個大洞，把他們都倒入橋心的暗格裡，一直滑入這偌大的廳堂來，大家都不明白毀諾城的意思，但都自度必死，沒想到，眼前這個白髮老嫗，竟然就是息大娘，更意外的是，在江湖傳聞裡，息大娘恨戚少商入心入肺，然而今日兩人見面，竟如此情深義重，眾人都為之神疑。

息大娘用手指輕輕觸在戚少商左肩斷處，動作十分輕柔，像撫摸一個恬睡了似的嬰孩額角，柔聲道：「是誰砍掉你一條胳臂……我一定要他慘痛十倍！」後一句講得厲烈堅決無比，彷彿不管天崩地裂還是天荒地老，都一定做到一般。

戚少商長嘆一聲，道：「我的傷沒什麼，只是因我信錯了人，害了眾家兄弟。」

息大娘喟息道：「你還是那麼愛交朋友……這幾天，我聽江湖上傳得沸沸盪盪，就知道你一定會來，天大地大，你有難時，一定要回來。」

戚少商感動地道：「要只是我個人的事，這一天，只要得妳開城門，讓我回來，縱再去一臂，也心甘情願……」

息大娘一手掩著戚少商的嘴，不讓他說下去，啐道：「不許你這樣胡說。」眾人見一隻玉手自袖裡伸出來，心裡都明白了幾分，但見這一隻潔白素淨的柔荑，更想見這隻手的主人之真面目。「我們彼此約定過，再也不要見面，我們一次又一次的不能遵守約定，只有更加痛苦，所以，我不能見你，不能毀諾。」

「是。我明白。」戚少商用一隻手去撥大娘額前的髮絲，眼中無限柔情：「只是，這些年來，妳辛苦了。」

息大娘一雙眼睛，瞇著笑，有著吹皺一池春水般的風情，但她幽幽的嘆了一口氣，道：「其實，這些年來，不再見你，心裡頭反而平靜。」

戚少商緩緩縮回了手，痛苦地道：「紅淚，過去，都是我……」

息大娘道：「過去的事，都過去了，不要提了。」她有意把話題岔開，「砍你一隻手，出賣你的人，我聽說是顧惜朝，我幾乎就把他引過鐵索橋來了，可是，他很聰明，臨危止步。」

戚少商道：「那狗賊！」忽想起什麼似的，握住息大娘的手，情切地道：

「大娘，妳要小心，那奸賊很是狡猾厲害！」

息大娘嘆了一聲，道：「毀諾城易守難攻，顧惜朝再難應付，我還不怕，怕只怕……」兩人見面，份外情濃，渾然忘我，話說個不完，連戚少商這個兼顧周到的人，也忘了眼前事，身旁人，而今話題才兜回面臨的生死大事。

只聽戚少商道：「難道……？」

息大娘點首道：「『捕神』劉獨峰，據說這兩天已在附近一帶出現，恐怕已迫近毀諾城。」她頓了頓，道：「這人劍法高絕，而且機智絕倫，有六名得力手下隨行，這六人，善於陣戰、兵法、工藝、導渠、風水、五遁，要是他們來了，倒不易應付。」

雷捲低低地說了一聲：「劉獨峰？這人是六扇門裡第一把好手，就算四大名捕，也要怕他三分！」

息大娘道：「除了劉捕神，還有一人，已兼程趕來，也相當不好惹。」

沈邊兒問：「誰？」

息大娘道：「文張。」

沈邊兒雙眉一豎：「那個狗官？」

息大娘道：「不錯，他本來是個小官，但已經三起三落，他降職曾貶到潮州當一名門吏，但升官也極快，曾當過皇帝近前高官，還曾得罪過皇帝，聖上下旨要處斬他，他就消聲匿跡，過了一段日子，又出現在宮廷裡，安然無恙。這人深藏不露，究竟武功高低深淺，鮮有人知，但他是個極善於利用時機者，則毫無置疑。」

戚少商這才省起，忙引介道：「這位是霹靂堂雷捲雷大哥，這位是我過去的生死之交，沈邊兒沈老弟，這位是——」一一告訴息大娘，然後向諸人道：「這位便是『毀諾城』城主息紅淚：息大娘。」

眾人拱手見禮，心中都想見息大娘的廬山真面目；穆鳩平卻忍不住道：「戚大哥，究竟是什麼一回事？她，她不是你的死敵嗎？」

戚少商道：「就因為是死敵，所以顧惜朝這等叛徒，和黃金鱗這些狗官，才千方百計，把我迫入碎雲淵，毀諾城。」

穆鳩平搔搔頭皮，道：「我還是不明白。」

雷捲忽道：「這天下間，最安全的朋友，有時反而是敵人。」

沈邊兒問：「所以戚寨主故意製造了一個敵人，以便生死存亡之際，可以有個起死回生之機！」

戚少商道：「有時候，有很多真正敵人的手段陰謀，也可以從這位『假敵』處知曉得一清二楚：『斧頭幫』及龍虎崖之亂，便是這樣平定的。」

雷捲道：「這樣子的『敵人』，自然不到最後關頭，決不能揭露身分了。」

沈邊兒笑著拍了穆鳩平的肩膊：「所以，我們到現在才知道，『毀諾城』跟『連雲寨』，本來就是併肩作戰的一家子了。」

息大娘道：「是。」她的聲音很是清悅好聽，但有一種說不出的威嚴，卻讓人心裡舒服，沒有抗拒的感覺。

「我跟他，的確是分開了的；」息大娘道：「但是，人人都以爲我恨他，其實我也真的恨他；」眾人都怔住，息大娘又道：「但我不許任何人害他、傷他。」

「只要他有事，我一定會挺身出來，幫他；」息大娘堅決地道：「不過，他回復平安，重震聲威之時，我的『毀諾城』，便不許他再踏入半步！」

「大娘！」戚少商道：「妳……妳這又……我還害妳不夠嗎？」

息大娘替他拂去衣上的一些泥塵，道：「誰害誰呢？我們在一起，只有彼此不快樂，我不能忍受你專注在大志，以及那些風流韻事，我們在一起，我就會恨你、怨你，甚至會忍不住要害你……」

戚少商也顧不得群雄在旁，大聲道：「大娘，這次我再見到妳，可以發誓，我再也不……」

息大娘喟息一聲，仍用手掩住了他的嘴：「你現在這樣說，我相信是真誠的，你不用發誓，以後大事平定，便會後悔的；你常常一時感情衝動，爲朋友、爲女人，都可以不顧自己的安危，我不然。我跟你在一起，沒有你，我寧可死，我的心都憑在你身上；但你不是，你是男子漢，你有你的大志，家國民族你都關心，還有很多朋友兄弟，更有些增添你風流豪情的紅粉知音。」

戚少商激聲道：「那些紅粉知音，算得了什麼，我有難時，全飛入百姓家，怎能跟妳相提，大娘……」

息大娘傲然道：「她們當然不能跟我相比，不過，你既知如此，又爲何跟她們往來？」

戚少商一時語塞。息大娘柔聲道：「所以，還是不提那些事好，否則，我們就不似是朋友，而是對情侶；要是情侶，我就不會甘心，會恨你的。」

息大娘跟戚少商這一番說話，內容牽涉到很多關於他們過去感情上的糾葛，聽得沈邊兒等很是尬尷。戚少商因爲是情切，反而坦然不覺。雷捲輕咳一聲：「息大娘，我有一事不解。」

息大娘立刻回頭，雷捲清楚地瞥見她眼眶噙住的淚光，但他依然把問題問下去：「外面包圍的人明知我們已入城中，爲何不攻城呢？」

息大娘斷然地道：「因爲他們不知道。」

雷捲的用意是岔開話題，所以他只說了一字：「哦？」

息大娘道：「我用索橋上機關的巧妙，把你們捲了進來，送來這裡，同時把已經擒住的十幾個武林敗類，往碎雲淵裡一倒，淵裡是化骨銷肌池，再浮上來時，已是一堆白骨，教誰也認不出，以爲你們都死了。」

雷捲心忖：毀諾城作了那麼多的準備，看來，息大娘是期盼戚少商等人來此已久，才能有那麼精密的部署。只聞息大娘笑著反問戚少商：「你怎麼知道我不會殺你？這麼久了，我們一直敵對著，也有很多流言蜚語，挑撥離間，你怎不防著我？」

戚少商道：「妳不會的，我要是連妳也提防，還有什麼心機做人？」他重複一句：「我就知道妳不會的。」

息大娘笑道：「你這個傻人。你就是這樣。」回首跟雷捲道：「不過，我覺得，顧惜朝和黃金鱗已經生疑了。」

雷捲道：「這兩人老奸巨滑，不疑才怪。」

息大娘道：「不過，在沒有確鑿證據之前，他們決不敢徒增死傷，另樹大敵，強攻毀諾城的，除非……」

穆鳩平忍不住問：「除非什麼？」

息大娘、戚少商、雷捲異口同聲，道：「除非是劉獨峰來了！」

穆鳩平氣忿地道：「劉獨峰是什麼東西！人家鐵捕頭多麼仁義磊落，卻有他這樣子的捕頭！」

雷捲道：「這劉獨峰決非浪得虛名之輩，是黑道上的煞星，不過，他向來公事公辦，盡忠職守，朝廷既命他抓人，他就一定不會放過咱們。」

戚少商道：「他抓的是強盜，我確也是個強盜。官兵追賊，永遠不會賊捉官兵。」

息大娘道：「世事總是難說。你們都傷得不輕，我叫晚詞、晚晴她們跟你們敷藥。」

戚少商道：「晚楚呢？妳怎麼冒用她名字來見我呢？」

息大娘嘆了一口氣，道：「她麼？進來了『毀諾城』，還是藕斷絲連，結果，那個男子還是負了她，她自縊死了。」一時間，戚少商和息大娘都靜了下來，過了一會，息大娘才道：「到後來，我在他跟青樓女子鬼混時，一鏢把他殺了，以祭晚楚在天之靈——反正她死了，也不知道我殺那負心人，要是她知道，一定不允我這樣做的；真不値得，投身進去，爲這種人，落得一死，人家連淚也不掉一滴，就擁著別的女人喝酒尋歡去了。」

雷捲等都聽出息大娘性子甚烈，敢愛敢恨，但又有情有義，只聽她道：「這些日子，我算定你們會來，便也請了幾個人過來，就算劉獨峰來了，也不一定不給這幾人面子。」說著微微笑，一張臉雖然化妝得甚是蒼老，但斜斜開展的魚尾紋，甚是好看。

戚少商知道她的脾氣，做了一兩件得意事兒，總逗引他去追問，才肯說出來，於是便問道：「是那幾個有著天大面子的人？」

「高雞血。」

「尤知味。」

「赫連春水。」

息大娘說出了三個名字。

戚少商、雷捲、沈邊兒面面相覷，沈邊兒忍不住問道：「可是，這三個人……」

息大娘打斷道：「我知道。」

戚少商禁不住道：「這三人可從不受人利用——」

息大娘截道：「我有辦法。」

連雷捲也說話了：「這三人，很難纏。」

息大娘胸有成竹的說：「不然，我請他們三個回來做什麼？」

戚少商、沈邊兒、雷捲都說不出話來，獨有穆鳩平問一句：「息……息……」

息大娘道：「叫我大娘。」

穆鳩平仍是叫不出口，只道：「我連妳年紀也不知道，怎能叫妳做大娘？」

息大娘笑道：「你問我年紀？」

「不。」穆鳩平道：「我想看看妳原來的樣子，怎麼叫我大哥這般著迷？」

息大娘幽怨的望了戚少商一眼：「你問他，可有對我著迷？」眾人發現她臉上雖經過化裝，但眼裡神色，卻怎麼也掩飾不了千般風情、萬般柔情。

戚少商急著道：「大娘，妳怎麼說這樣的話？這些年來，我都在想著妳；我的心意，妳還不知道？」

息大娘笑了一下，淡淡地道：「你要是真想著我，又何必跟別個女子好？難道你的一顆心，既念著我，又去念著別人？」

戚少商的心像被刺了一刀，比他斷臂的傷口還要疼痛似的，變色道：「我是有跟別人……但我只念著妳，大娘，這些年了，妳卻連這點都不信我……」

息大娘冷漠地打斷道：「你現在受傷了，我不跟你爭辯，況且眾家英雄在此，見著了笑話。」

她不待滿腔話要說的戚少商說下去，返首問穆鳩平：「你真要看我的樣子？」

穆鳩平楞楞地點了點頭。

息大娘道：「我讓你看我的樣子也可以，不過，你大哥信得過我，你信不信得過我？」

穆鳩平望望戚少商，又看看息大娘，用力地點頭。

息大娘道：「好，你也要爲我做一件事：待會兒，不管我帶你去見什麼人，發生什麼事情，你都要照著做；你要是見到我摸出手絹，就大吼一聲，記住，要盡你全力叫那一聲；要是你見我跺了跺足，那麼，你就瞪住那人，眼睛有那麼大睜那麼大；要是我打了個噴嚏，你就揮動長矛，越有聲威就越好。」

然後問穆鳩平：「你記清楚了沒有？」見穆鳩平有些茫然，便不勝其煩的又詳說了一遍，再問：「可記住了？」

穆鳩平咧嘴笑道：「這跟連雲寨的暗號一般，也沒什麼難記的。媽那個巴子！」

他突然罵了那麼一句，眾皆怔住，以爲這莽漢的牛脾氣又發作了，戚少商對他相知甚深，忙道：「他是提到連雲寨的暗語，想到寨裡的兄弟，一時傷心，才脫口罵出一句的，請不要見怪。」

息大娘摸摸胸口道：「我還以爲是罵我呢！」眾人見她語音嬌俏，手指纖美，秀氣無瑕，更想看看她原來的模樣。

息大娘忽叫道：「妳們都進來吧！」壁門再度打開，十數名眉目娟好的女子，端著療傷藥物，在唐晚詞引領下進來，各自仔細溫柔的替連雲寨的子弟及沈邊兒等療傷敷藥。一名女子想跟雷捲療傷，雷捲走過一旁，道：「不必管我，不礙事的。我自己有藥。」

息大娘笑道：「那也由你。」轉身跟已敷上藥物的穆鳩平道：「你跟我來。」始終都未再看戚少商一眼。

十五　毀諾城

唐晚詞照顧大局，毀諾城的女弟子們替這一干英雄好漢包紮傷口，但她的視線，常有意無意間，落在雷捲的身上。

雷捲仍披著厚厚的毛裘，神色甚爲落拓。他一個人遠離人群，既沒有悅色，也沒有悲容，不知在想些什麼，只輕輕的咳嗽著。

然而唐晚詞卻看出他身上所受的傷決不算輕，鮮血還不住的滲出來，至少，他身上有兩道受創甚深的傷口。

——爲什麼他卻不肯敷藥呢？

在場中諸人比較下，沈邊兒的傷勢算是較輕，他只是頭皮擦傷，左足尾二趾斷折，他很快的就治了傷，假作不經意地走到雷捲身邊。

他覺得雷捲孤獨，這麼多年來，在雷捲覺得孤寂的時候，他都不離開雷捲的身邊。

雷捲沒有看他，但從腳步聲中，就已經斷定沈邊兒來了：在江湖上年少一輩的武林高手中，很少走得那麼急躁氣浮，然而卻全是假裝出來的——這才是沈邊兒潛力不可忽視之處。

雷捲道：「傷口疼嗎？」

沈邊兒道：「不礙事的。」

雷捲道：「那就好。」

沈邊兒道：「捲哥的傷勢……」

雷捲道：「還可以。」

沈邊兒道：「捲哥不搽點藥……？」

雷捲道：「我已敷了，在毛裘裡，我塗了藥剜去死肌也沒人知道……要論藥力，毀諾城還比不上咱們霹靂堂的！」

兩人哈哈大笑了一陣，雷捲臉色愈漸青白，沈邊兒道：「捲哥。」

雷捲道：「說。」

沈邊兒道：「你……在想什麼？」

雷捲慘然一笑：「你想……我在想誰？」

沈邊兒恨聲道：「阿遠、阿騰和阿炮，都死得好慘！」

雷捲道：「是我害死他們的。」

沈邊兒悚然道：「捲哥，你怎麼這樣說！」

「要不是我的決定，」雷捲道：「阿炮、阿騰他們本來就不贊成來這一趟的！」

沈邊兒立即道：「大丈夫義所當爲，當仁不讓，這件事，我們是永不言悔的，又能怪誰！」他恨恨地道：「怪只怪我們信錯了『神威鏢局』，它既已被冊封爲『護國鏢局』，我們就該著意提防，實在是太疏忽了。」

雷捲冷笑一聲道：「怪只怪江湖傳言：高風亮是個老英雄！」

沈邊兒哼道：「老英雄通常也是老狐狸！」

「可是，息大娘需要說服三隻老奸巨滑的狐狸！」雷捲忽把話題岔開，「高雞血外號『雞犬不留』，不是他殺人不留命，而是他做生意的手段高明，跟他合作的人或對手，準是虧蝕得家裡連養雞犬貓鵝的能力也沒有。」

沈邊兒點頭道：「其實，他擺的是大商賈的樣子，但肚皮上的功夫，在武林中，恐怕可以稱得上第一！」

雷捲道：「可是尤知味更不好惹。」

沈邊兒道：「我對此人，倒不大清楚。他武功很強？」

雷捲道：「不是。」

沈邊兒道：「他智謀高？」

雷捲道：「也不是。」

他頓了頓，道：「他捏住了所有人的咽喉。」

沈邊兒不解：「所有人的咽喉？」

雷捲道：「他是廚師之王，而且司職掌管天下糧食供給，只要他搖頭，誰也找不到吃的，就算找到，所有的食肆飯館，都不會燒給你吃。」

「不吃飯，就得餓死；」沈邊兒點頭道，「尤知味果然厲害。」

雷捲道：「他下毒的功夫更是厲害。」

沈邊兒道：「可是，這兩人再難惹，也總比赫連春水好纏。」

雷捲立刻點頭：「這個當然。」兩人提起赫連春水，都臉有憂色起來。

沈邊兒看見雷捲越來越白的臉色，忍不住道：「捲哥，你沒事罷？」

雷捲輕咳一聲道：「我沒事。」

沈邊兒道：「我總覺得……剛才，你的話說多了……」

雷捲道：「哦？我的話說錯了麼？」

沈邊兒忙道：「當然不是。只是，你一向寡言，剛才，卻說了您一天都說不到那麼多的話。」

雷捲笑笑道：「有時，沉默的人也會變得嚼舌，人是會隨著環境改變的。」

沈邊兒忽道：「您覺不覺得，那位大姐……老是望著我們。」他指的是唐晚詞。唐晚詞已卸下化妝，但身上仍穿著粗布的衣裳，初初看去只是一位婦人，略矮，動作有些粗魯，但看多幾眼，就越看出韻味來，像給蜜糖黏住了，扯不開了。這婦人眉清得像黑羽毛浸在清水裡，一雙橄欖一般的眼珠恰到好處，當她凝眸的時候眼珠子便凝在近上眼皮之處，其他左、右、下三方現出一樣的白色，令人感覺到一種風情滲合深情之美。沈邊兒覺得這婦人有意無意間老往這兒看，不禁多看幾眼，看多了才知道這婦人有一種深深的倦意，就是因為這種倦意，使得豪情萬丈英悍精強的青年人一看了，就像陽光掉進了古井裡，知道了黑暗的溫柔。

雷捲始終沒有望見唐晚詞，他只是說：「是嗎？這次的事，只怕難免也連累了毀諾城……」話未說完，忽然全身一顫，突地軟倒於地。

沈邊兒大吃一驚，忙扶住臉色蒼白如堊的雷捲，叫道：「捲哥——」忽「呼」地一聲，唐晚詞掠過眾人的頭頂，落了下來，一把攙住雷捲，左手在他下頷一箝，格的一聲，雷捲張開了口，唐晚詞一面看著一面疾道：「我就一直在看著他，他受傷本重，偏不要治療，還說什麼毀諾城的藥比不上霹靂堂！」

沈邊兒一怔，沒想到唐晚詞的耳力能高明到這個地步，離開數丈之遠，旁邊都是聒噪聲，但他和雷捲低聲說話，她還是聽得一清二楚，覺得他剛才好似說了她些什麼的，便結結巴巴地道：「我們……只是說——」

戚少商這時已經到了，他的手臂傷得極重，正在包紮，雷捲一出事他馬上就想掠來，但那兩名女弟子正在替他裹傷，阻了一阻，這時趕到，氣急敗壞的問：「唐姊，捲哥怎樣了？」

唐晚詞道：「放心，一時三刻，他死不了。」她霍然而起，竟橫抱起雷捲，雷捲裹在大毛裘裡，像一個熟睡了的貧血嬰孩。「我帶他進內室醫治醫治。」

沈邊兒從未見這樣的一個情形：他一向崇拜的雷捲竟給一個婦人抱著治療，

急道：「可是……」

戚少商知道這是人命關天的生死關頭，忙向沈邊兒正色道：「捲哥性子倔，強撐著，但他中了顧惜朝一刀一斧，是非要救治不可的。唐姊是蜀中唐門精研醫術的女華陀，她能出手，自是最好不過。」

他這番話其實是說給沈邊兒聽的，唐晚詞半側過臉，沒好氣卻好風情的問了沈邊兒一句：「你不放心？」

沈邊兒忙道：「當然不是——」

唐晚詞慢著尾音的道：「要是，人還給你。」說著便掠入內室。她說話的聲音很粗嘎。聽下去彷彿很是慵倦，但是她拖著每個字來說，這種倦意就變得像煙一般淡，但仍薰人欲醉的。

沈邊兒忽然想喝酒。

他一向以年輕精悍爲豪，而今卻忽然覺得自己年少生澀，恨不得自己成熟些老成些會好一些。

息大娘把穆鳩平留在外面，吩咐兩個女弟子爲他療傷，另外三個女弟子分別去部署好待會兒的場面，她自己則回到她的小房間，落妝梳妝。

她的房間很玲瓏小巧，佈置得十分清簡雅潔，但並不矜貴華麗。「毀諾城」當然不能完全遺世而獨立，她要在跟戚少商分手之後，仍能維持一個局面，讓江湖上的人知道她仍是快樂的，讓武林中的人明白他倆之間誰沒有了誰都可以好好的活著，她就必需要有很多庶務與俗務親身去辦理；這樣，「毀諾城」才可以好像與世無爭其實超然卓立的屹立於風波險惡的武林中。

她抹掉了易容藥物，在小銅鏡前，怔怔發呆：她覺得自己真的老了，眼角的魚尾紋，曾被戚少商形容爲「溫柔的水紋」，現在已打著布褶了罷？那一張瓜子心水清的臉，現在已給歲月的滄桑打磨得不再如「輕柔的燭光」了罷？以前戚少商總喜歡用小動物形容自己，雞、鴨、小貓、兔子，甚至「貓蛋」都形容過，還有什麼沒有叫過的？小松鼠？小豬？小石頭？要是給他想到，在當年一定叫了出來。現在看到她，他是會怎樣形容呢？燒鵝？橘子？陳皮鴨？想到這裡，她忍不住那個仍頑皮的心靈，噗嗤笑了出來。不知他會怎麼形容呢？她又心裡發狠的想：不如不見他，或不讓他看見好了，讓他心坎裡永存一個年輕時溫柔的息紅淚。該死，她心中想，女人是經不起歲月的風霜，不像男人，像剛才初見在逃難中蒼涼而落魄的他，只一見，也像自己被砍了一臂那麼的心灼，那麼的痛心。

她心中又想：還這麼關心他作啥？該死！自己救助他，純粹爲道義，也爲了回報昔日的一點恩情，天下人都可以負他，自己就絕對不負他，其實，她也知道，如果她負他，且不管負他的是什麼事，單止她負他這個事實他便會受不住這打擊而崩潰，所以，她寧可負天下人，亦不想負他。

這種感情她不欲再想下去，反正，保護他，讓他養好了傷，出去把背叛的人殺掉，自己的任務算是盡完了，然後就把索橋吊起，把城門深鎖，老死也不再見他一面。整個青春都在他不經意的溫柔裡渡過，這一生，已經夠了，犯不著風流倜儻的他親眼目睹紅顏老去的惆悵。

她落了妝，再上了粉，刻意打扮了一下，換了衣衫，自己告訴自己，她這樣做，是爲了待會兒要應付幾個十分艱難應付的客人。她再對鏡子照了照，退了兩步，遠遠的又照了一下，再湊上了臉，貼貼近近的跟黃銅鏡打了個照面，知道一切無礙，除了頰上不知何時長了一個小痘，該死，好長不長，這時候長了出來！

然後她才離開了房間，走進凌雲閣。

穆鳩平剛敷好了藥，包紮了傷口，他氣虎虎的站在一盆水仙花旁，在想：那女人不知爲什麼要叫他做這些古怪玩意，準沒好事。

那兩個替他裹傷的女弟子，都靜悄悄的走了出去，兩人出了門，才敢伸舌頭、擠眼睛，年紀稍大一點的說：「嘩，這人猛張飛似的，看來真要刮骨療毒，他也真不皺一皺眉呢！小眉，這種好漢，妳不是一向很崇拜的嗎？」

那年紀輕輕的笑啐道：「別胡扯！這樣子一天到晚雄糾糾不解溫柔的好漢，

誰稀罕？跟著鐵鍋的人似的，不如一個會痛會叫會流淚的，來得像人一些。」

年紀較大的忽然感喟起來，嘆道：「就是我們這種想法，害苦了自己。等到男人夠解風情了，又不夠專情，到處去拈花惹草，不是把咱姊妹倆害得這個地步麼！」

年紀小的眼睛潮濕，道：「柳姐別難過，其實這城裡上下的姊妹們，那個不吃過男人的虧？要不是有大娘，我們還不是賣身青樓，還不是淪落到那個地步！」

這時息大娘迎面走來，這兩女子忙福道：「大娘。」

息大娘微微頷首，道：「他在裡面？」

兩人都答：「在。」

息大娘道：「傷得怎樣？」

年紀大的說：「很重，但那個人……」小的接道：「再傷重一些，也不礙事的。」說著兩人都嗤笑了起來。

息大娘笑罵道：「沒出息，人家挺得住，還望人多受幾處傷似的！」兩女子覺得含冤，正待分辯，息大娘已經推門走進凌雲閣。

穆鳩平忽聽到門的響聲，看見一個俏生生的女子走了進來，不耐煩的道：「不必再裹傷吃藥了，息大娘在那裡，她要我做什麼，叫她快些吩咐便是——」忽覺眼前一花，在自己面前的女子，清水臉蛋，巧笑倩兮，纖細的腰身，比弱不勝衣還要弱不勝衣，小小的挽了個髮髻，垂落一些流蘇，令人來不及分辨她美不美便給她少女特有的風姿吸住了。穆鳩平瞪了好一會，好不容易才轉過了眼睛，看見盆上的水仙，黯淡得不像花朵，他很奇怪自己爲何有這種感覺，指著花瓣，乾笑了一聲：「哈！」

那女子卻笑盈盈地道：「你找我！」她一笑，整個室內都似亮了亮。

穆鳩平結結巴巴地道：「妳是……那個老太婆，不，息大娘……?!」

開筆於一九八四年後期
回馬參加「全國現代文學會議」前後

十六　息紅淚

息大娘笑道：「你準備好了沒有？」

穆鳩平楞了一下：「什麼？」

息大娘道：「去見人啊。」

穆鳩平仍瞪住她，一時收不回視線，喃喃自語：「難怪，難怪……」

息大娘嫣然一笑道：「難怪什麼呀？」

穆鳩平道：「難怪戚大哥會……」

息大娘笑問：「你爲他抱不平？」

穆鳩平還未答話，息大娘低聲道：「我呢？誰爲我抱不平。」

穆鳩平沒聽清楚，問了一聲：「吓？」

息大娘微愁一瞬即逝，道：「走吧。」

兩人走入一間大廳堂，裡面有一個藍衣胖子，腹大便便，笑態可掬，瞇著一雙眼睛，彷彿當鋪裡朝奉的樣子，只要給他捎上一眼，立刻能夠拈出斤兩來。

息大娘才一走進去，這藍衣胖子，拉長了臉孔，不見了笑容，道：「大娘，妳來遲了，我老遠趕來，還有很多生意等著我談，我可不能久留了。」說著要站起來想走。

息大娘悠嫻地坐下來，淡淡地道：「對，你太忙了，我不留你，請吧。」

藍衫胖子一愣，道：「妳三番四次請我來，也不留我？」

息大娘道：「高老闆，你要清楚三件事：第一，我是毀諾城城主，這兒上下都聽我之命行事，但是，執事的各有分派，要請你來，未必是我的主意；第二，這樁生意，你未必是最好的人選，你不做，下面還有幾人等著做；第三，這單生意，誰做了都賺定了天，我本就看你不順眼，巴不得你不做。」

說完之後，息大娘揮手道：「再見，高老闆。」

高雞血的臉上，忽又擠出了笑容，笑容滿團團的，其他的表情連一支針都插不進：「噯，這個嘛，我也不忙著要走，聽聽是啥生意，那又何妨？」

息大娘道：「我跟人談生意，一向不予無關者知道，高老闆貴人事忙，您請自便。」

高雞血有點急了，道：「大娘，這是什麼生意，大家聊，也無妨，說不定，我幹了幾十年買賣，可以幫幫眼。」

息大娘淡淡一笑道：「我這樁生意，志不在賺，只在出口氣，不愁人不做，高老闆盛情美意，倒派不上用場。」

高雞血用舌尖舐了舐鼻尖上的汗珠——他的舌頭血紅而細長，這一舐可直捲上鼻樑——只聽他忽然笑道：「大娘，不管妳怎麼說，妳請得我來，這兒就自有非我不可的事，妳這就把我請走，可要知道，有些生意，只有我高某人做得來，我高某人要是不做嘛……」他嘿地一笑：「高雞血只有一個，只來一次，別無分號，來過生意做不成，當不再來……何況，妳要我再來，我也再來不得了。」他一語雙關，自覺甚爲得意，笑得邪極。

息大娘等他說完，只接了一連串的名字：「尤知味呢？赫連春水呢？包先定呢？中原彎月刀洗水清呢？」每說一個名字，高雞血臉上的肥肉就顫搐一下，說完了一連串四個人名之後，高雞血臉上已擠不出什麼笑容，息大娘冷冷地道：「你以爲只有你高老闆才能幹這項買賣？」

高雞血又用舌頭舐了鼻尖上的汗粒，澀聲道：「他們……也來……？」

息大娘道：「你請罷。」

高雞血忙道：「我對這樁生意……也很……很有興趣，妳能不能讓我聽聽……？」

息大娘冷然道：「這樁生意，是絕對的機密，告訴出來，要是你不做，豈不多了一個活口？」

高雞血忙道：「妳放心，我決不洩漏一絲半點。」

息大娘接道：「活著的口豈能不說話？」

高雞血臉上陰晴不定，好一會才道：「好，這生意我做了，妳說來聽聽。」

息大娘轉臉道：「我倒不一定要你非做不可。」

高雞血強笑道：「大娘，何必這樣子逼人嘛……妳要怎樣才肯——」

息大娘即道：「跪下去，於你母親在天之靈前發誓，與此事同生共死並進退。」

高雞血臉色大變，道：「妳明知……嘿，妳這算什麼?!」

息大娘臉色一沉，叫道：「送客。」立即有兩名艷婢出來，一左一右，要挾持高雞血走的模樣，高雞血整張臉都沒有了笑意，彷彿連煙花都不能在他臉上爆開，頓足道：「妳……」

息大娘摸出了襟邊的紫色手絹，穆鳩平看得分明，驚天動地的大吼一聲。

高雞血全身一顫，失聲道：「『陣前風』？妳已經跟戚少商聯手了？」

息大娘也不理他，起身要走，高雞血跌足嘆道：「也罷，這生意我幹上了。蝕的賠的，我是願打願捱，這回子在死去的娘靈前起個誓，不過，妳總得讓我知道生意好不好做！」

息大娘這才笑道：「你放心，高老闆，朝廷不使餓兵，沒短了你的好處。」

高雞血見息大娘笑得燦若鮮花，溫柔可可，不由得長吸一口氣，道：「大娘，要不是赫連小妖窮癡纏了妳這麼些年，爲求妳這一笑，我這不要本兒也心甘情願。」

息大娘卻正色道：「高老闆，這件事，你要是幫得上忙，二十萬兩銀子，一分也不短給你。」

高雞血怔了怔，苦笑道：「聽這口氣便知道妳這事兒不好辦，毀諾城一向節衣縮食，一年開支，敢情不超過十來萬，大娘這一出手便是兩年的開支，這事情有多惡辦，可想而知。」

息大娘道：「也不難辦。」

高雞血道：「願聞其詳。」

息大娘道：「你知道戚少商？」

高雞血苦笑道：「果然是這一號難惹人物。」

息大娘說道：「你當然也知道劉獨峰？」

高雞血慘笑道：「又來一號不好惹人物？」

息大娘道：「劉獨峰現在要緝拿戚少商，我要你在這件事情上，盡一切所能，阻止劉獨峰抓拿戚少商。」

高雞血仰首半晌，忽然站起來道：「謝謝，再見。」

息大娘道：「你這是什麼意思？」

高雞血道：「謝謝是不幹了，再見就是我要去了。」

息大娘緩慢而悠閒地說了一句：「那麼，你剛才對你死去的娘發的誓，也不作算了！」

高雞血臉色忽然巽紅，目中迸射出太陽針芒一般的厲光，道：「息紅淚，妳倒是對我清楚得很。」

息大娘笑嘻嘻的道：「我當然清楚。在這兒方圓五百里之內，要抓人，要放人，除非不求人，要求人，一定要你點頭才是語言，我不找你找誰去？」

高雞血冷笑道：「還有尤知味啊。」

息大娘道：「他？早答應了。」

高雞血臉色陰晴不定，跺了跺足，道：「好，難怪我看見他也在毀諾城裡……既然他也幹上了，我也插這一腳，算不上不賞面給劉捕神。」

息大娘銀鈴般笑了起來，像春水一般溫柔，貓一樣頑皮。「這就是了。」

高雞血瞅著她，銳利的眼神再也不銳利，反而逐漸溫柔了起來，問了一句：「江湖上傳言，妳不是跟戚少商勢不兩立的嗎？」

息大娘儘是笑，像春日裡枝頭上的一朵花，在風裡笑鬧。高雞血瞧了一會，長吸了一口氣，臉上出現一種似笑非笑的神情，喃喃自語道：「是了，是了。」然後哈哈乾笑了兩聲，道：「赫連小妖是個笨蛋，真是個沒有指望的大笨蛋！」說著逕自走了出去。

息大娘遙向他的背影道：「高老闆，那事兒，就依仗您了。」

高雞血的聲音聽來十分無奈，也帶有一點點失落的況味：「我姓高的雖然吃人不吐骨頭，不過，在死去的娘面前發過的誓，還不致說過不算數。」

息大娘目送高雞血走了出去，才吁了一口氣，長長的吁了一口氣，這一口氣舒出去，使得穆鳩平覺得息大娘本來已經夠消瘦的身子，更加輕盈了起來。

息大娘低聲但清脆地自語：「總算解決了一個……」

穆鳩平忍不住說道：「那我……我光在這兒吆一聲喝一聲的，什麼也幫不上，我……」

息大娘回首把髮根一綹，那側頰貼著白玉一般的耳朵，令人瞧去眼前一亮後，儘是充滿了柔和：「你？幫上了呀！沒你那一喝，這棺材裡伸手的傢伙怎會在心一亂之下，還沒談條件就先答應要攬事上身了呢！」

穆鳩平期期艾艾的道：「那麼……下一個……」

息大娘秀眉微蹙，有壓不住的怨愁逸上眉梢，只道：「下一個？仍照老樣子，瞧瞧運氣如何了！」揚聲叫道：「請尤大師進來。」婢女躬身答「是」，退了出去。

穆鳩平發覺息大娘神色有一些微的緊張，搔了搔頭皮，息大娘忽道：「你有話說？」

穆鳩平一怔：「妳怎會知道？」

息大娘微微一笑：「你有話儘說無妨。」

穆鳩平道：「幹啥一定要找這些人幫忙？沒有他們不行麼？」

息大娘道：「要對付劉獨峰的追捕，除非是四大名捕，否則誰也逃不了。少商傷得頗重，還有顧惜朝虎視眈眈，總不能在毀諾城躲一世，要逃出去，就必須要依仗尤知味、高雞血和赫連春水，要不然，這三人先給劉獨峰收攬了去，那就更無望了……」

穆鳩平道：「可是，我看那個高雞血……簡直就是與虎謀皮！」

「對！」息大娘截然道：「我就是與那頭老虎謀他的皮！」

這時，那珠簾沙的一聲，一人低首行了進來，息大娘笑語晏晏的道：「尤大師。」

穆鳩平只見眼前這人，瘦小不起眼，沒想到竟就是名動天下的尤知味。尤知味武功高低知道的人倒是不多，但他曾三任皇帝御廚總管，天下廚子都聽命於他，倒真的是不可小覷。

尤知味個子雖小，但進來之後，也沒望過誰一眼，逕自大剌剌地坐了下來，看他的樣子，倒像自己封了皇稱了帝，息大娘也不以爲忤，笑道：「尤大師，請教一事。」

尤知味頭也不抬，道：「說。」

息大娘道：「雪玉貂的一寸尾，去毛冰鎮，用來燉龍眼鳳爪桂羌花，那一樣先下？那一件後放？」

尤知味毫不思索地道：「雪玉貂狡獪機敏，瀕臨絕種，且向來就無尾或長尾，長尾肉糙難食，唯這一寸尾者乃天下至佳妙美餚也，水先以龍眼燉開，鳳爪與貂尾並下，不可遲一分，不可早一分，太熟過硬，太生嫌腥，桂羌花則在湯要勻入碗前一剎灑下，這才是上餚佳法；桂羌花決不可擇黃色或深紅色的，務必要選緋紅色瓣，蕊上三點綠苞兒的，這才是正品純味。這種桂羌花，只有飲馬川流花谷中才有。」

息大娘道：「我們已經找到了。」

尤知味搖搖首道：「雪玉貂的一寸尾，流花谷的桂羌花，難得，難得。」

息大娘道：「多謝尤大師指點明法。」

尤知味靜了半晌，忽問：「好，第二件事罷。」

息大娘笑道：「沒有第二件事了。」

尤知味突然抬了抬頭，就在這一抬頭的瞬間，兩道凌銳已極的強光，自他雙眼閃了閃，他隨即低下了頭，道：「不可能，不可能的。」

息大娘怪有趣的望著他：「什麼不可能？」

尤知味的手指，輕輕拍在紫檀木椅的扶手上：「妳打從老遠，勞師動眾，五步一請，十步一迎的把我請了來，居然就只問這件事兒！」

「可不是麼？」息大娘笑道：「就這一件事，普天之下，就只有尤大師的話作得準。」

尤知味的眼瞼跳動了幾下，只道：「息大娘，沒別的吩咐了？」

息大娘道：「沒了，謝過尤大師，大師貴人事忙，我囑人悉心護送照顧便是。」

「什麼話！」尤知味一拍扶手，怒道：「妳叫我來，就爲了這丁點小事！」

息大娘反而奇道：「不然，還有什麼事？」

尤知味道：「妳寧願信任高雞血那等販夫走卒，也不肯邀我插手此事！」

息大娘故作恍然道：「原來尤大師見著高老闆了！」

尤知味勃然道：「他在這兒遮遮掩掩的出去，休想瞞得過我！」

息大娘道：「可不是嗎，要說持重，我息紅淚也不是迷了心竅，怎會不知道大師是凜然而有信的義烈漢子，可是……」她幽幽一嘆道：「這事關體大，且凶險得緊呀！」

尤知味道：「我尤知味幾時畏過凶，怕過險來！」

息大娘道：「對手太不好纏了。」

尤知味哈哈怒笑道：「什麼高手不吃人間煙火來著！」

息大娘道：「他是人，當然也吃飯喝水，但他吃的飯，特別硬綳，別人一口也嚼不起！」

尤知味冷笑道：「哦?也不過是個吃公門飯的！」

息大娘道：「只不過這人的鐵飯碗，鐵板牙，不易惹。」

尤知味一哂道：「怎麼?難道是鐵手無情、冷血追命不成?」

息大娘道：「那還不至於，這人是捕神。」

尤知味仰天大笑道：「劉獨峰?他又能怎樣，我——」忽把嘴一闔，低首走了出去。

息大娘急道：「你怕了麼？」

「我不是怕。」尤知味冷著臉道：「我已試探到結果，我又沒答應說替妳做，有了結果還不走，那是笨人。」

息大娘粉臉煞白，咬唇道：「你不做，高雞血可擔得起來，這件事一旦成功，他本來就比你出名——」

尤知味驟然停步，怒截道：「妳少來激我！我本就比他有實力。」

息大娘見他停步，眼睛閃著旭日照海上般的光芒，道：「就算是虛名，他一直比你響，你難道不知道？」

她昵聲接道：「高老闆，他就是比較肯爲他人做些好事！」

尤知味哼了一聲：「好事?!他幹的好事！」

息大娘道：「可不是嗎？」

尤知味悻然道：「妳倒說說看，我要拿捕神劉獨峰怎樣？」

息大娘道：「也沒怎樣，阻止劉捕神抓拿戚少商。」

「戚少商？」尤知味道：「那朝廷欽犯?!」

息大娘臉色一沉：「做不做，隨你的便！」跺了跺足，穆鳩平連忙運足眼力，瞪住尤知味，尤知味霍然轉身，正把刀一般銳利的眼神割向息大娘，卻正好跟穆鳩平銅鈴一般大的虎眼對了對，穆鳩平只覺雙眼一陣刺痛，尤知味也忙轉移了視線。

「要我做也不難；」尤知味道：「我有條件。」

十七　捕神來了

息大娘立即道：「你說。」

尤知味道：「這是件非常事，我有非常條件。」

息大娘道：「當然，你要多少？」

尤知味笑了，搖頭：「不是爲了錢。論銀子，妳們整個『毀諾城』，未必強得過我。」

息大娘道：「你要什麼？」

尤知味怪笑道：「很多人都知道我這個人，所以給了我一個外號，叫做『食色性也』。」

息大娘的眉在任何人都難以覺察的瞬息間蹙了一蹙，道：「對，這外號倒跟高老闆的『雞犬不留』相得益彰。」

尤知味臉色閃過一絲怒意，隨即道：「妳也不必這樣調侃我。我是『食』字出名，但亦好色，我進來的時候，看到妳手下兩名愛將，唐晚詞和秦晚晴，果是人間絕色，妳許了給我，我就冒這一趟渾水。」

息大娘咬住了唇，搖頭。

尤知味聳了聳肩，道：「不多考慮一會？」

息大娘還是搖頭：「我這兒不是青樓，我也不是鴇母，替你這種人做媒，我不幹。」

「難怪這城裡的女子這般信任妳，生死相委，哈哈，」尤知味攤了攤手，道：「那也沒法了……我已退求其次，不敢說要妳……只敢說要妳手下兩名婦人，這都不行，還談什麼！」

息大娘忽道：「你不要我？」

尤知味怔了一怔，眼神發出奇異的光芒，舐了舐乾唇，道：「夢寐以求，自感醜陋，不敢提出。」

息大娘冷然道：「你要我，倒不難辦。」

尤知味喜出望外的道：「要是妳……肯跟我睡一個晚上，我……妳要我水裡火裡，決不皺一皺眉頭。」

息大娘道：「睡一個晚上？」

尤知味忙不迭點頭。

息大娘道：「好。」

穆鳩平陡然發出一聲大吼：「這算什麼?!」

尤知味目光一長，喝道：「這兒沒你的事！」

穆鳩平怒不可遏，指著息大娘，又戟指尤知味，叱道：「你們——嘿，嘿！」

息大娘道：「別管他。」

尤知味道：「妳答應了？」

息大娘點頭道：「你答應了？」

尤知味邪笑道：「我那有什麼可不答應的？牡丹花下死，做鬼也風流。」

息大娘道：「只不過，一切都得在事成之後……」

尤知味略一猶豫，即道：「行！」

息大娘道：「好，你走吧。」

尤知味行了兩步，忽又停下，半轉著臉，道：「我想問妳一句話。」

息大娘有些倦意的說：「問。」

尤知味一字一句地道：「妳爲戚少商這樣做，究意值不值得？」話一問完，他也不等回答，一閃兩晃間已出了廳堂。

穆鳩平氣虎虎地道：「妳——妳怎能夠這樣做！」

息大娘淡淡地道：「我這樣做與你何干？別煩擾我，第三個才是最難對付的人！」

穆鳩平氣忿難平：「可是，可是……妳好不要臉！」

息大娘臉色一寒，厲聲道：「我現在做了沒有？」

穆鳩平一楞，好一會，想通了什麼似的，喜道：「原來妳假裝答應他，妳不會——？」

息大娘微揚下頷，呼道：「請赫連公子。」外面的侍女漫聲應道，「大娘有請赫連公子。」如此「大娘有請赫連公子」一聲一聲地傳了開去，聽來好像是白頭宮女在說天寶遺事，有說不盡的幽怨，說不出的悠閒。

息大娘倚在椅上，皓腕支頤，似是有些倦了，穆鳩平正想說些什麼，忽聽一人朗聲笑道：「大娘，別來無恙？」

穆鳩平吃了一驚，這人無聲無息已進入了廳堂，連布簾也不曾掀起那麼一掀；穆鳩平望去，只見一名貴介公子，舉止間自有一股高貴氣質，正在凝望息大娘，情深款款。

息大娘：「你來了。」

赫連春水道：「我來了。」眨了眨一雙多情似水的大眼睛。

息大娘婉然道，「記得我曾在『白山黑水』救過你嗎？」

赫連春水趨近道：「也沒忘了當年『金燕神鷹』追殺我之時，承蒙妳讓我躲在碎雲淵裡。」

息大娘嘆息道：「你記得就好。」

赫連春水道：「大娘要我做什麼事？」

息大娘說的無比直接：「我要你，制止劉獨峰緝拿戚少商，必要時，殺了他。」

赫連春水瞳孔收縮：「什麼？」

息大娘伸出柔荑，搭住了赫連春水的手背，柔聲道：「你……怕捕神？」

赫連春水別過臉去：「劉獨峰不是問題；」他恨聲接道：「沒想到，妳跟戚少商，還是藕斷絲連！」

息大娘湊近去，在他耳邊，柔聲道：「這是我求你做的。」

赫連春水只覺一陣幽香襲入鼻端，只見息大娘眼珠一忽兒黑靈靈的，唇兒翹翕著，下頷秀秀俏俏的，看去有一種美的悽楚，赫連春水心頭一顫，反手抓住息大娘的手，心神激動地道：「大娘，我……」只覺得這一剎就是世間最美好的，死了也值得。

息大娘卻縮回了手，委曲地抿了抿唇：「你做不做？」

赫連春水覺得手裡一空，剛才所把握到的，彷彿忽然間都失去了，可是幽香猶在，心裡很想放聲大哭，卻強笑道：「好，妳求我的，我一定做。」

息大娘幽幽一嘆，「公子……」

赫連春水忽然臉色一冷，他的臉一旦板起來，就完全不像個多情公子，而像個冷臉殺手，他盯住穆鳩平，道：「他是誰？」

息大娘忽然打了一個噴嚏。

穆鳩平猛然記起息大娘原先吩咐過的，忙揮舞長矛，狂風大作，整個廳堂杯翻簾掀，赫連春水看了一眼，再看一眼，退了一步，再退一步，仰脖子提壺灌了數口酒，道：「好，好漢子！原來是戚少商手下大將『陣前風』，受傷如此，還這般神威，果爾不凡！」說罷，大笑三聲，走了出去。

息大娘嘆了一聲，道：「他走了，你可以停下來了。」穆鳩平雖然把長矛舞得虎虎生風，但息大娘清晰的語音，一樣清清楚楚地傳入他耳裡。

穆鳩平停止揮矛，不明所以地道：「爲什麼……？」

息大娘美目流盼。「像他這樣子的英雄，衝著你也在場，說過的話，一定算數——」忽然語調一變，道：「走了。」

穆鳩平更加不明白。

息大娘道：「其實他沒走出去，聽了我剛才最後跟你說的那兩句話，他才離開廳堂門口的……赫連這人聰敏機智，武功也高，就壞在太過聰明，心術不正，又感情用事，不擇手段……他對我，倒是真的……」說到這裡，息大娘幽幽地嘆了一聲，才展顏道：「他這個人，決不在情敵面前認栽，他剛才情懷激蕩，答應了我的要求，難保不反口不認，但有你在場，他知道少商難免也會知曉，就不會出乎爾反乎爾了。」忽想起什麼似的，道：

「我找高雞血、尤知味、赫連春水後援一事，你可要答應我，不要告訴你的戚大哥。」

穆鳩平忍不住問：「爲什麼？」

息大娘眼珠一轉，反問：「你想不想你的大哥能脫離魔掌，恢復元氣，重整連雲寨，手刃強仇呢？」

穆鳩平一逕地點頭。

息大娘柔聲道：「要是戚寨主知道我這樣求人來幫他，他一定不肯接受這些援助，劉獨峰、顧惜朝這些人都非同小可，要是戚寨主不接受別人幫忙，怎能再中興大業？不能再振連雲寨聲威，又如何得報大仇呢？所以，只要你不說出來，一切不就得了！」

穆鳩平總算聽懂了一些，忍辱負重似的道：「好，我不說。」

息大娘美麗地笑了起來：「這才是了。」

忽聽外面喊殺震天，息大娘也不震訝，道：「他們甏不住，攻城了。」

穆鳩平揮矛道：「我去把他們殺退！」

息大娘自袖裡伸出白生生的手，在端詳水蔥般的手指，說道：「他們攻不進的。」

只聽外面傳來一個威儀的聲音，一字一頓的說道：「毀諾城裡的人聽著：交出戚少商、雷捲、沈邊兒、穆鳩平，可饒不治罪。」

息大娘笑道：「黃金鱗這老狗官中氣倒也充沛。」心裡揣思：他們是怎麼肯定戚少商等就躲在城中呢？

穆鳩平心裡卻想：他媽的，自己一直是緊緊排在戚少商之後的通緝犯，怎麼這一下子變成了第四號人物了！

忽聽外面傳來一個溫和儒雅的語音：「息大娘，妳們在這兒安居樂樂，不干朝政，不是無憂無慮嗎？何必為了戚少商，落得個全城覆滅的下場！」

息大娘哼道：「顧惜朝這壞小子！就會煽風撥火，播弄是非！」

穆鳩平一聽他的聲音，就紅了雙眼：「這王八蛋——！」

又聽一個聲音說道：「戚少商，你出來，我只抓你，不抓旁人。」這聲音也無特別之處，只是平和有力，似打自耳畔響起。

息大娘乍聽，微吃一驚，道：「他來了，這麼快！」

同樣在「沉香閣」裡運氣調息的戚少商乍聽，站了起來，說道：「他來得這麼快！」

沈邊兒趨近一步，壓低聲音道：「劉獨峰？」

戚少商道：「不知是文張還是劉獨峰，我也沒聽過他們說話，顧惜朝和黃金鱗他們沒有那麼圓融深厚的內力，這人的武功高，身分也比黃金鱗高，如果不是莫測高深的文張，便是高不可測的劉獨峰了。」

這時，一個女子一閃而進，眾人只覺眼前一亮，那女子向戚少商道：「只怕是劉獨峰。」

秦晚晴匆匆走入，髮上的藍巾飄曳著，幾絡烏髮散在額上，一見那女子，即道：「大娘，第一趟攻勢，全給咱們擋回去了。」

息大娘臉有憂色的說：「劉獨峰已經來了，只怕不好應付。」

這時又走進一名猛漢，正是穆鳩平，見一眾連雲寨的人盡皆目瞪口呆，奇道：「你們做什麼呀？點了穴道哪！」

連雲寨的弟兄及沈邊兒全看著息大娘，幾忘卻了呼吸，戚少商上前一步，握住息大娘的手，渾然忘我地道：「大娘，妳，還是這麼美……」

息大娘嬌羞地笑了起來，啐道：「大敵當前，眾目睽睽，也不害臊。」

眾人都沒想到「毀諾城」的城主息大娘，竟出落得如斯秀美，更沒料到剛才那老態龍鍾的老太婆，竟然是眼前這位嬌美可人兒。

息大娘轉首望向秦晚晴，問：「晚詞呢？」

沈邊兒道：「捲哥暈倒了，唐……唐姐姐正在救他。」

息大娘道：「她醫術最精，晚晴，妳去，全力守城。」

沈邊兒道：「我們去助一臂。」連雲寨的兄弟都站起來說好，他們大都受傷不輕，但已作過短暫的休息，已有了援助，抖擻精神，鬥志仍然旺盛。

息大娘搖首道：「不，毀諾城的機關，你們不熟悉，人多反而礙事，要是攻了進來，你們想置身事外，當然也不可能，何不留著氣力，待會兒殺敵殺個痛快。」

沈邊兒道：「妳是說……他們能攻得進來？」

息大娘道：「要是沒有捕神在，可很難說，一月半旬，總是守得住。」

沈邊兒道：「剛才大娘所提到的那三個人……」

息大娘道：「那只是爲日後鋪的路，現刻，還用不上。」

沈邊兒憂憤的道：「捲哥受了傷，戚寨主又傷重……難道這兒就沒人制得了劉獨峰！」

戚少商嘆了一聲，又嘆了一聲，欲言又止。

息大娘瞧在眼裡，道：「你說出來。」

戚少商仰天長嘆，道：「我在想鐵手……鐵二爺要是在這裡，就好了……可是他……而今……」他也不知道鐵手如今生死如何，只覺得自己連累了不少人，只怕連這毀諾城，都要毀於一旦了。

十八　劉獨峰

話說那四名錦衣人抬著一頂滑竿，走了近來，黃金鱗一見來勢，即展顏道：「劉大人，你再不來，可把小弟我給想死了。」

劉獨峰在竿上道：「你想我死？」

黃金鱗一怔，劉獨峰哈哈笑道：「黃大人，別來可好？在下開了一句玩笑，請勿見怪。」

黃金鱗又堆上了笑容，道：「那裡，那裡，小弟縱有天作膽子，也不敢怪責劉大人。」

誰知劉獨峰又加了一句道：「那麼，只要天子給你作膽，殺我也無妨了？」

黃金鱗又愕了一愕，知此人語言鋒利，不想和他抗辯，忙顧左右而言他，笑著引介道：「這位是丞相大人的義子顧公子，破連雲寨便是他首功……這位是傅丞相麾下名將『駱駝將軍』鮮于仇，這位是相爺的內親愛將『神鴉將軍』冷呼兒，這位是丞相大人向皇上保薦的『護國鏢局』局主高風亮高局主，這位是……」

劉獨峰一一點頭見過，道：「都是傅大人的親戚朋友，瓜蔓牽連，你也不簡單呀，是相爺信寵紅人，今兒我真箇是錯以爲進訪相爺府了，可惜我無厚祿重權，只怕高攀不上。」

黃金鱗早知此人語言有稜，忙回了一句：「劉大人好說，大人是聖上御前大將，與諸葛先生齊名，這下子可把我們都比下去了，要論結交，是我們求之不得的殊榮呢？」

劉獨峰揚手道：「咱們就別客氣了。這兒的情形怎麼了？」

黃金鱗道：「我們追捕戚少商、雷捲、沈邊兒、穆鳩平到此處——」

劉獨峰打斷道：「『霹靂堂』的人跟『連雲寨』的餘孽聯成一氣了？」

黃金鱗道：「只有雷捲和沈邊兒兩人。」

劉獨峰奇道：「雷騰、雷炮、雷遠不在內麼？」

黃金鱗臉有得色：「已給我們殺了。」

劉獨峰「哦」了一聲道：「那定必是文張文大人的伏兵。我曾聽文大人提起過，雷門霹靂堂始終是心腹大患，就算要用到他們，也定必要派人捎著。」

黃金鱗頓感臉上無光，劉獨峰道：「現在他們人在那裡？」

黃金鱗道：「他們直奔毀諾城——」

劉獨峰道：「想你們必然以爲息大娘和戚少商深仇大恨，故意讓戚少商走入碎雲淵，假借毀諾城的力量除去戚少商和雷捲罷？」

黃金鱗心中十分佩服劉獨峰的推斷：「假他人之手除去這幾個人，可免除他日許多不必要的麻煩，和省得提防許多防不勝防的報復。」

劉獨峰道：「可是，他們死了沒有？」

黃金鱗道：「全倒在護城河裡，化成白骨……」

劉獨峰即問道：「你確定了是他們嗎？」

黃金鱗臉有難色：「這……」

劉獨峰雙眉一揚，道：「問過毀諾城城主息大娘沒有？」

顧惜朝上前一步，道：「問過了，息大娘卻不肯以真面目示人，且言詞閃爍，不讓我們入內搜查。」

劉獨峰冷笑道：「她當然不給你們進去了。」

顧惜朝本早已瞧劉獨峰不順眼，道：「她有什麼理由不讓我們進去？我們是官、她是民！」

劉獨峰道：「怎麼你曾在連雲寨擔過要職，竟不懂這道理？這江湖上的事，要講江湖上的規矩，什麼官衙朝廷，武林中人可不賞你這個顏面！」

顧惜朝早鱉了一肚子的火：「什麼江湖不江湖？天下之地，莫非王土，天子腳下莫不是庶民，沒有什麼江湖規矩、武林道義，只有王法！」

「王法？」劉獨峰徐徐轉身，跟顧惜朝打了個照面，「好個王法！王子犯法，與民同罪，這才是大公無私的王法，若用這王法制裁你，顧公子，你可能也一樣法網難逃罷？」

顧惜朝只覺劉獨峰臉色明黃，很有一股威儀風範，他一生中什麼英雄好漢，達官貴人都見過，可是劉獨峰不怒而威的神態，甫一接觸就挫了他那一副自負自大的個性；顧惜朝心裡正要認栽，但他性格強頑，一轉念間，反而更不服氣，冷冷地道：「劉捕頭，你這話是什麼意思？」

劉獨峰淡淡地道：「七年前，禮部邢大人的女兒，被誰所污？五年前，肅州知府尹大人平賊有功，但全家被殺，結果功由你獨佔，兇手是誰？三年前，相府裡後起七秀競技，武功最高的歐陽吞吐，是給人毒死的，可知道是誰下的毒？」

劉獨峰每說一宗案件，顧惜朝的臉色就更增一分難看，劉獨峰說完了之後，哈哈笑道：「當然還有別的案件，不過，你放心，這些案子，都不是交由我來辦，而接辦這些案件的人，事先已被吩咐過，找個替死鬼就算。」他的語音忽有壓抑不住的悲憤：「我懂，我當然懂，我當然懂得怎樣做，怎樣做法才恰到好處，我雖然外號人稱『捕神』，但慚愧得很，也不過是抓抓小毛賊兒，不是人人都能像諸葛先生，也不是人人都當得了諸葛先生的！」

黃金鱗忙打哈哈道：「依劉大人之見，我們是否要依照江湖禮數，拜會息大娘……要是她不予接見怎麼辦？」

劉獨峰道：「首先要證實戚少商他們是不是死了：要是死了，我們何必得罪毀諾城裡的人？要是還活著，息大娘竟在包庇戚少商，即與我們爲敵，只有攻城一途。」

黃金鱗道：「劉大人是懷疑死的人不是戚少商？」

劉獨峰撫髯道：「息大娘也不是笨人，她就算恨戚少商入骨，也只殺戚少商一人就好，何必要連雷捲等一齊殺死，招引日後霹靂堂的報復呢？」

黃金鱗道：「可是……人已化成了白骨，如何證實——」

劉獨峰截道：「已經證實了。」他手一揚，樹林子後面又轉出了兩名錦衣人，快步走到劉獨峰面前。劉獨峰道：「事情辦得怎麼了？」

左首的錦衣人道：「稟爺，我們已下去打撈過了，不見他們手上使的兵器。」

右首的錦衣人恭敬地道：「戚少商斷臂，但白骨裡也沒有斷了一條膀子的人。」

劉獨峰向黃金鱗道：「那麼說，戚少商肯定未死。」

黃金鱗驚疑不定地道：「可是……那是化骨池，你們如何——？」

劉獨峰道：「我這兩個好幫手，一個擅於水利工程，一個精於用毒解毒，這些事，一向難不倒他們。」

左首的錦衣漢道：「我叫雲大。」

右首的錦衣漢道：「我叫李二。」

兩人齊聲道：「拜見黃大人。」

黃金鱗忙道：「免禮，免禮。」

雲大道：「黃大人也許沒看見，護城河裡已經沒有水了。」

黃金鱗望去，只見護城河已乾涸，毒水都消失了影蹤，真是嘆爲觀止，只能說：「你們……？」

李二道：「我們把水都去毒，引流到別的地方去。」

黃金鱗不得不服，翹起大姆指說道：「好！好！劉大人身邊六愛將，真是名不虛傳！」

劉獨峰忽道：「這下間毀諾城不知有沒有什麼可疑人物出入？」

冷呼兒存心要奚落劉獨峰一下，便道：「這碎雲淵給我們重重包圍，鐵桶一樣的密，連一隻鳥也飛不進去，怎會有人來去自如？」

劉獨峰卻不理他，抬頭眺望一隻烏鴉，啞啞地叫著，打從冷呼兒頭上飛過，劉獨峰悠然道：「那是什麼來著？」

冷呼兒正待分辯，忽聽抬竿的一名錦衣人撮唇尖哨一聲，那烏鴉忽地撒下一團東西，冷呼兒眼明腳快，閃身一避，肩膊還是沾了一些，劉獨峰笑道：「卻不知那算不算是隻鳥。」

冷呼兒知道劉獨峰的那名手下擅御鳥之術，以哨聲來驅鳥撒屎，無奈又發作不得，只聽另一名錦衣人道：「這裡另有後山地道，剛才不久，我看見有三個人先後走了出來。」

劉獨峰問：「是誰？」

那錦衣人道：「認人的功夫，我比不上藍三眼尖。」

另外一名錦衣人道：「那是赫連春水，高雞血和尤知味。」

劉獨峰臉色微微一寒，道：「是這三人麼？息大娘倒是個難纏的角色。」

那叫藍三的錦衣人道：「不過，他們是出來，並非進去。」

劉獨峰頷首道：「說不定，他們是置身事外，那總比同在城裡死守的好。卻不知城裡還有些什麼人物？」

一名抬竿的錦衣人道：「爺，讓我去探看探看。」

劉獨峰笑道：「刺探情報，身入虎穴，如入無人之境，總少不了周四的。」

那叫周四的錦衣人飛快地一行禮，道：「我這就去，爺。」說罷一掠而落入乾涸的泥床，忽然跟黑褐的泥濘融爲一體，再也分不出那是人，那是泥。

劉獨峰道：「也來見過黃大人、顧公子、鮮于、冷二位將軍等。」

那發現毀諾城後山有通道的錦衣人道：「在下張五，拜見諸位。」

那叫藍三的錦衣漢也道：「在下藍三，給張老五搶了先拜謁了諸位。」

剩下一名剛才發哨的錦衣人道：「在下廖六，排行最末，是劉爺最不成材的跟班，也來拜見各位。」

眾人稽首見過，忽見郭亂步快步走來，臉有張惶之色，顧惜朝問：「什麼事？」

郭亂步眼睛閃爍一下，掃了劉獨峰一眼，顧惜朝知道他的意思，但是這當著劉獨峰的面，反而不便作個惡人，便道：「劉捕頭是自己人，若非機密，儘說不妨。」

郭亂步這才敢道：「馮亂虎他們回來了。」

顧惜朝道：「他回來不是好了……是生了事故？」

郭亂步點頭。

顧惜朝臉色一沉，黃金鱗和他相覷一眼，心裡都想：千萬別給鐵手溜了！黃金鱗說了一個字：「傳！」

郭亂步道：「是。」快步行去。

劉獨峰好整以暇地道：「什麼事？」

黃金鱗忙道：「依劉大人之見，息大娘既是蛇鼠一窩，狼狽爲奸，我們是否應該這就攻打毀諾城呢？」

劉獨峰沉吟道：「毀諾城既不易攻，也不好打。」鮮于仇哼了一聲。

冷呼兒冷笑道：「劉捕頭是不想得罪毀諾城的人，講武林道義，守江湖規矩罷？」

冷呼兒這句話說得甚爲刺耳，挑釁之意甚明，豈料劉獨峰直認不諱，道：「不錯，皇上下旨，要我捉拿叛賊戚少商，我也藉此順道查明李玄衣被殺一事，其他的武林中人，我既不管，也不想開罪。」

鮮于仇道：「劉捕頭既不想得罪人，可惜人家可把戚少商藏了起來，總不得您去登門求她放人罷？」

劉獨峰焉會聽不出鮮于仇話中的諷嘲之意？他哈哈一笑道：「別說我劉某人向不求人，就算求了，息大娘既然冒死救了戚少商，就不會讓他出來受綁……這總得有個解決的法子。」

冷呼兒道：「解決方式？很簡單。攻打毀諾城，殺個雞犬不留，揪出戚少商，就地正法，或交你押回京師，豈不一了百了？」

劉獨峰撫撫乾淨整潔的黑髯，道：「冷兄真是名將本色啊！」

這時馮亂虎、李福、李慧都已垂頭喪氣走了過來，一見劉獨峰和五名錦衣人，眼色都驚疑不定起來。

顧惜朝即問：「怎麼回事？」他見鐵手沒押回來，心中已知不妙。

馮亂虎道：「有人……劫囚車！」

顧惜朝長袖一揮，鐵青著臉色：「你們怎麼……都是酒囊飯袋！是誰幹的?!」

李福道：「是唐肯。」

高風亮一呆，道：「怎會是他？」目光望向勇成，勇成點點頭，但眼神也十分茫然，他「埋」了唐肯就走，接下去發生的事，他也並不清楚。

顧惜朝強抑怒氣，向高風亮道：「高局主，你局子裡倒是盡出些不得了的人材——」忽厲聲道：「就憑姓唐的那小子，你們也制他不住？」

李慧道：「要只是他，當然早就亂劍殺了，但就是還有……」

李福道：「一個幪面人……」

李慧接道：「在轎子裡……」

李福接著道：「有四個人抬轎子……」眼睛向劉獨峰那兒轉了轉。

李慧堅持道：「都是幪住了臉……」視線往劉獨峰身側五名手下瞄了瞄。

李福跟著說：「那轎子裡的幪面人武功極高……」

李慧緊跟著道：「我們敵不過他，才給劫去——」

李福、李慧說著的時候，眼睛不住地往劉獨峰身上溜，顧惜朝和黃金鱗等自然也有注意到這一點，不禁狐疑起來，劉獨峰哈哈笑道：「看來，這麼會攬排場的人，倒有點像我了。」

劉獨峰這一開口說話，李福、李慧齊聲道：「是他！」

顧惜朝臉色一沉，望向馮亂虎，馮亂虎也用力地點了點頭。顧惜朝知道馮亂虎一向精明強幹，連他也聽出劉獨峰的聲音，看來，救走鐵手的人敢情真是劉獨峰。

顧惜朝一念及此，臉上反而堆起了笑容，叱道：「胡說！你們可知道他是誰？他就是大名鼎鼎的，名聞天下的『捕神』劉獨峰！劉大人只抓犯人，不放犯人，要是劉捕神也放犯人，那就是知法犯法，罪加一等，那是劉爺決計不會做的；」他意猶未盡，補加了一句：「這一做呀，身敗名裂，何況那是朝廷欽犯，搞不好，要誅連九族！」

劉獨峰道：「說的有理。卻不知那救走的犯人是誰？我認不認識？要不要我來參與一份追捕此人？」

顧惜朝道：「不必了。」

劉獨峰笑道：「連姓名也不讓我知道，想必是朝廷要犯了。」

顧惜朝道：「這人跟閣下倒是大有淵源，而且，說難聽點，還是同行如敵國哩！」

劉獨峰「哦」了一聲笑道：「還是吃公門飯的呢！總不會是諸葛先生罷？」說著仰天大笑，「要是諸葛，就憑你們，連同在下，也拿他不起！」

顧惜朝沉住了氣，道：「那麼，真正劫走囚犯的只有那姓唐的了？」

馮亂虎道：「是。」

顧惜朝疾道：「那麼，亂虎、亂水、亂步，你們三人一道兒去，追他回來，要是找著了，抓不回，格殺毋論！」

馮亂虎、郭亂步、宋亂水齊聲應道：「是。」

黃金鱗也道：「『福慧雙修』。」

李福、李慧齊聲應道：「在。」

黃金鱗道：「你們帶三十四名精兵，務必要抓到此人，死活不計。」

李氏兄弟又應了聲，眼睛又往劉獨峰處一轉。

黃金鱗道：「劉捕神要留在這兒，幫我們抓匪首戚少商，不能助你們去抓欽犯！」

劉獨峰笑道：「你們放心，我不搶你們的功勞！」

李氏兄弟和「三亂」各自領人出發，忽聽一陣喊殺之聲，原來鮮于仇、冷呼兒見毒水已退，城無遮攔，不再聽命於劉獨峰調度，私下率軍攻打毀諾城。

十九　鐵手的遭遇

鐵手和唐肯策馬疾馳，十來里路，折了幾條小徑，翻了兩座山丘，再轉向大路，眼看一處三岔口，有木牌寫著：「往碎雲淵」，「往思恩鎮」，「往南燕鎮」。鐵手指了指「往思恩鎮」的路，艱辛地道：「思恩鎮人多地旺，而且是市集中心，很多逃犯都往那兒躲，你過去裝成獵戶，呆上一年半載，再離開那兒，改名換姓，才出來再闖江湖，諒他們也拿你不著。」

唐肯點點頭道：「是。」

鐵手道：「那麼，大恩不言謝，就此別過。」

唐肯問：「你往那兒去？」

鐵手道：「碎雲淵。」

唐肯道：「老局主、黃金鱗、顧惜朝，他們都在那兒，你去——」

鐵手道：「戚少商等退入碎雲淵，極之凶險，我總要去看看。」

唐肯瞪著眼，道：「可是，你這一身的傷，去了又有何幫助？」

鐵手笑了，無奈地道：「我們這種人，就是這樣，就算幫不上什麼，也不能見死不救。」他拍了拍唐肯的肩膀，咳嗆了出來，唇旁的血漬又鮮艷了起來：「你當然明白，你也是這樣的人，你救了我。」

唐肯昂然道：「就是因為我明白，所以我要跟你一道去。」

鐵手搖搖首，又擺了擺手，無力地道：「不必再多個人犧牲。」

唐肯道：「我這下子，可能連累了老局主，我知道自己武功低微，但總要去看看。」

鐵手道：「你去思恩鎮，可有重大任務。」

唐肯道：「什麼任務。」

鐵手道：「我三師弟追命這幾天可能經過那兒，你要是聯絡著他，或許，我們就能救戚少商。」

唐肯道：「那好，我們一起去思恩鎮，等追命三爺來，然後再一起去碎雲淵救人。」

鐵手苦笑道：「這……」

唐肯斬釘截鐵的道：「二爺，唐肯也不笨，你託以重任，為的是支開我，不讓我犧牲，難道我們之間還要推推讓讓，婆婆媽媽的麼?鐵二爺，你要是不給我跟你一道，就是看不起我，你去你的碎雲淵，我照樣赴我的毀諾城!」

鐵手嘆道：「只是，我這身傷……他們不久就要追上，這樣又對誰都沒有好處。」

唐肯拍胸膛道：「我扶你走，一定會走快些的。」

鐵手深深的望了他一眼道：「他們找一個傷者容易，找你卻難，你還是……」

唐肯怒道：「二爺——！」

鐵手也低喝一聲：「好，我不說了，再說，就瞧你不起。兄弟，我們先到思恩鎮，再轉道往碎雲淵去——只要過得了思恩鎮，他們只怕沒料到我們會倒轉頭往毀諾城的。」

唐肯一拍大腿，喜道：「好，這叫『明知山有虎，偏向虎山行』！」

忽正色道：「二爺，追命三爺究竟會不會來？」

鐵手道：「兄弟，叫我鐵手便是。」

唐肯一股豪氣上衝，即道：「鐵二哥。」

鐵手沉重地搖首，道：「追命他不會來，不過他有重案要辦，辦好了才來，也不知是什麼時候，冷血正在養傷，無情赴陝西金印寺辦案；他們一個都不能來。」

他咳嗆著道：「就只有我們，你，和我，還有不知死生的戚少商、雷捲他們。」

唐肯哈哈大笑，左手牽住鐵手胯下灰馬的轡轡，右手一擊自己坐騎馬背，道：「如此最好！我們前無去路，後有兵追，既無援軍，也沒銀兩，」他在馳騁中拍拍空囊，笑道：「這是反擊的最佳時候。」

馬馳顛簸中的鐵手確感傷口震痛，但見唐肯豪氣干雲，心忖：這人武功雖然不高，見識地位也都尋常，但確是一名好漢！因不忍拂他的興頭，強忍痛楚，未幾便已來到思恩鎮。

唐肯徐徐勒馬，見鎮上熱鬧熙攘，來往行人很多，市集繁忙，便問：「鐵二哥，咱們往何處落腳？」

鐵手道：「找一家最不起眼的客店落腳，吃點東西再說。」

唐肯在鎮陲近郊找到一家叫做「安順棧」的酒家客店坐了下來，兩人叫了點菜飯，鐵手吃了幾口，胸口一甜，哇地咯了一口血，血滲在白飯上，份外奪目，鐵手撫胸喘氣，邊把草笠蓋在飯團上，怕人瞧見。

唐肯道：「這路上金創藥敷完了，我跟你請大夫來看看。」

鐵手強忍胸口悶痛，道：「我這身上的錢，也全給搜去了。」

唐肯摸摸口袋，道：「我還有一些，請大夫和今天吃的，住的，還足夠。」

鐵手道：「這可是你辛苦掙來的錢。」

唐肯豪笑道：「只望能治好我的二哥，這些錢算得了什麼！」

鐵手低聲道：「其實，我的傷只要有適當的調養，讓我有機會運功打坐調息，三、四天的功夫，就能恢復元氣，十來天時間，便能痊癒，不到一個月，就可以如常，倒不必請什麼大夫。」

唐肯道：「二哥的內功，我是聽說過的，四大名捕之中，就傳你內力最深厚，要是這身傷落在我身上，一年半年，怕都好不全哩。」

鐵手道：「我們師兄弟四人，四處奔波跋涉，受傷已是家常便飯，司空見慣。四師弟冷血天生堅忍刻苦，有過人的體力和意志，負傷對他而言，算不上什麼事，只是他天性感情較爲脆弱，受不得傷；三師弟浪跡江湖，歷盡風霜，什麼傷不曾受過？他已經養成一種不怕受傷的能耐。大師兄卻最體弱，外表冷漠，內心多情，他是真正經不起傷的。我所幸練的是內功，普通的傷，奈不了我何，就算嚴重的傷，只要給我一定的時間，也可以運功療傷，好得較快。」

唐肯聽得頗爲嚮往：「除了冷四哥我會過面外，追命三哥和無情大哥，我都無緣得見。」

鐵手拍拍他肩膊，笑道：「他日有機緣，當給你引見。」

唐肯垂下頭去：「他們……名動江湖，怎有暇來理我這等小人物！」

鐵手一手握住他的臂膀，道：「快別這樣說！咱們結交只問好漢，肝膽相照，不分貴賤，再這般說，咱們就不是兄弟！」忽覺五指一陣刺痛，不禁悶哼一聲，變了臉色。他的雙手被黃金鱗、鮮于仇等一路上施於苦刑，要不是他功力深厚，十指雙臂，早已筋斷骨折了。

唐肯見狀，忙道：「我還是去請大夫來，對於外傷跌打，有一些現成的藥敷貼著，總是好的。」

鐵手想了想，也覺得非要有些金創藥、跌打藥不可，忍痛道：「也好。」

唐肯疾地起來，道：「二哥先吃，我去去就來。」

鐵手只覺渾身傷痛，一起發作，額上已冒起豆大的汗珠，密密麻麻，悶哼道：「自己小心，快去快回。」

唐肯答：「是。」人已掠出了店門。

鐵手搖搖頭，本想勉強吃些東西，讓自己體力能有補充，然後運功調息，但才嚼了幾口，已感到胃部抽痛著，加上斷碎的脅骨刺痛起來，再也無法咀嚼，只好就地靜坐運氣。

正在此時，店門外走入了三個人。

這三個人，一個樵夫、一個獵戶、一個郎中，看去甚是平凡。

可是鐵手只望了一眼，立即知道他們是喬裝打扮的。

而且鐵手也立即分辨出他們是誰。

他們正是這三個月來，他一直追緝著的五個凶徒的其中三個：王命君、樓大恐和彭七勒——另外兩個凶徒：秦獨和張窮，因爲在山道上對鐵手施加暗算，早已作法自斃。

這三個人，窮兇極惡，正是合力謀害了他們的結義大哥「白髮狂人」聶千愁的罪魁禍首，鐵手受冷血所託，追緝了他們數百里，才在無意間捲入了戚少商被顧惜朝追殺的漩渦裡去。

鐵手絕沒想到他們會在此際出現！

鐵手現刻不能動，也不能走，連夥計端菜過來，他也坐著不動不言，因為這一動，反而引起這三個亡命之徒的注目，鐵手而今遍體鱗傷，只怕連捧菜的夥計也未必鬥得過。

然而眼前卻有三個陰險毒辣、殺人不眨眼的兇徒！

◇◇◇

王命君、樓大恐、彭七勒三個人剛剛坐下來，王命君就氣急敗壞的說：「我們吃完東西就走，這兒還是不能久留。」

彭七勒剛剛放到唇邊的茶杯，又放了下來，問：「為什麼，這兒地僻人多，各路人馬趕集匯集，不是正好藏匿嗎？」

王命君道：「你沒見著麼？我們剛走進來的時候，外面有大批官差軍士，似在搜捕什麼！」

彭七勒不以為然地道：「那些酒囊飯桶，咱們還真不怕！」

王命君嘆道：「倒不是怕他們，而是萬一震動了個冷血或鐵手，那時候，可真自尋死路了！」

「走，走，走！」樓大恐一拍桌子，震得杯筷齊聲一響，店裡的客人全向他望來；樓大恐道：「這樣子下去，整天是逃、逃、逃！有什麼生趣，不如拚了！」

王命君忙和彭七勒佯作對喝了一杯酒，笑道：「他喝醉了。」隨而壓低聲音道：「你幹什麼？這樣驚動大家，要尋死別牽累我們！」

樓大恐豪氣頓消，沮喪地道：「可是，這樣天天逃亡，日日逃命，也不是辦法。」

彭七勒沒好氣地道：「那你有什麼辦法？」

樓大恐握拳狠狠地道：「不如跟鐵手那廝拚一拚！」

王命君冷笑道：「你拿什麼去拚？張窮和秦獨不是去拚了，結果是兩具屍首而已。」

樓大恐埋怨地說道：「我都說了，五人一起上，未必打不過鐵手，你卻要張窮秦獨去纏住鐵手，讓他轉移注意力，好讓咱們往另一方向逃逸，結果白白折損兩名弟兄！」

玉命君嘿聲道：「你卻來怨我？要不是我這一苦肉計，現在你可不知死在那一層地獄裡！」

樓大恐也不甘示弱：「你以爲你自己上得了天！」

王命君仰脖子一口把酒乾盡，又去倒酒，他正好面朝鐵手，鐵手安然而坐，王命君也沒加注意，又去倒一杯酒，說道：「好死不如歹活，上天下地獄，都不如逃命的好！」

彭七勒忽然抓住王命君置在桌上的包袱，王命君閃電般按住了他的手背，疾問：「幹什麼你?!」

彭七勒道：「用『三寶葫蘆』，跟鐵手一拚！」

王命君罵道：「你們怎麼啦!這兩天不見那鐵手蹤影，說不定咱們已把他甩脫了呢，你們要無事找事，當初又何必十萬八千里的逃！」

彭七勒緩緩縮了手，眼睛卻發了光，喃喃地道：「要是把他給甩脫了，那就好……」

這時，一個人忽然走近，彭七勒嚇了一大跳，樓大恐連忙按住了他，彭七勒這才瞧清楚，原來是食肆裡的夥計。

夥計道：「三位客倌，要叫點什麼菜送酒？」他對失驚無神的彭七勒有些畏懼，便只跟王命君說。

王命君心煩意亂，揮手道：「隨便你點幾道菜吧。」

樓大恐卻咕嚕道：「不知明天還有沒飯吃呢!我可要吃好一點的……」

夥計道：「那麼，客倌要吃的是什麼，小店立即做去。」

樓大恐道：「這裡有什麼可吃的。」

夥計道：「多著呢，本店著名象蚌、靜魚、龍球糰糰，不然，就照剛才那兩位客倌桌上的菜，都來一樣如何？」他用手指向鐵手桌上的菜。

鐵手心頭一凜：他正意守丹田而至氣貫丹田，竭力靜觀入定，陷入一種「八觸」的境界，即動、養、涼、暖、輕、重、澀、滑合而爲一，在這一心回復元氣內力的當口兒，他只想恢復一小部分的功力，萬一那三人猝起發難，也希望能有招架之力。

樓大恐望去，那幾道小菜也沒什麼特別，便問王命君：「喂，你看怎樣？」王命君懶懶地望了一眼，正想說話，眼角忽看見一個熟悉的人影，這人影可以說是他恨得咬牙切齒之夢魘，王命君看了一眼，不敢相信是真的，又看了一眼，「哎呀」一聲，一跤坐倒！

彭七勒早已是驚弓之鳥，但反應快捷，一把扶住王命君，急問：「怎麼？」王合君一張臉變得死灰，哭笑難分地道：「他……他……他……」樓大恐和彭七勒隨著他顫抖的手指望去，臉色大變，如同跌入冰窖之中，彭七勒幾乎就要雙膝跪倒下來，愕然道：「他……他……怎麼也在這裡?!」

樓大恐惡向膽邊生，抄起一張凳子，喝道：「鐵手，你要怎樣？」

食館裡的客人一見有人要動武的樣子，都想走避，鐵手淡淡地道：「各位，這兒沒事，我跟他們幾位朋友有些過節，但我今天仍有公務在身，在等另外一位朋友，沒心情動手，不會有事的，請各位坐下自便，當不騷擾。」說罷，自行喝酒，也不理會樓大恐的喝問。

其實，他強提真氣，一口氣沛然地把話說完，五臟六腑又抽痛起來，一時再也說不出半個字，左手抓住酒杯，抓得好緊好緊。

廿　看不見有人

三人聽到鐵手那番話，本來自度必死，一時之間，幾疑是在夢中，樓大恐豪氣盡消，呆立當堂，王命君一把拉他坐下，顫聲道：「鐵大人，謝謝不殺之恩。」

食館裡的人客聽出那獨自飲酒的人，竟然是「四大名捕」之鐵手，都又敬仰、又好奇。

鐵手冷冷地道：「滾！」這個字一出口，腹部奇痛，再也說不出一句話來。

王命君求之不得，哈腰鞠躬，道：「是，是，我這就滾，就滾——」卻見彭七勒仍然坐著，凝望著鐵手。

王命君示意道：「走——」

彭七勒忽湊近低聲道：「看見沒有？」

王命君疾道：「看見什麼？」

彭七勒道：「鐵手渾身是傷，血跡斑斑，臉也給打爛了。」

王命君急道：「這關我們屁事，我們能走就好！」

彭七勒低聲道：「我看不對勁。」

樓大恐忽然會意：「你是說——？」

彭七勒深沉的道：「鐵手不是放過我們，而是沒有能力動手殺我們！」

樓大恐奮然道：「既然他殺不了我們，我們就去殺了他！」

王命君狐疑地道：「對呀！我就說他沒那麼好，居然饒我們不殺——不過，四大名捕，雖死不殭。你們不記得當年他們四人，如何浴血戰十三殺手嗎？結果對方全軍覆沒，看來一早瀕死的四大名捕，人人都活了下來！」

彭七勒道：「你的意思是——？」

王命君道：「保住性命要緊，何必惹事！你沒聽他說嗎，他還在等人來，來人如果是冷血……」

樓大恐道：「萬一鐵手真的傷重無法還擊，咱們豈不錯失良機？」

王命君道：「要是鐵手武功尚在，咱們豈不是枉送性命！」

樓大恐道：「這……」

彭七勒說道：「看來這險還是不能冒……」

正在這時，忽聽有人興高采烈的叫道：「二哥，我請回來了這兒最有名的大夫，給您治傷。」說著扯了一個老頭子，往鐵手那兒走去。

鐵手嘆了一聲，一時不知該說些什麼話阻止是好。唐肯道：「二哥，你不舒服嗎？」轉首向那大夫道：「你行行好，快給鐵二哥看看。」

那大夫姓潘，在這兒頗負盛名，有人稱他爲「翻生神醫」，即是譽他醫術可以把死人翻生一般，他的醫術當然沒有那麼好，但醫人的經驗倒是十足，才一探手把脈，再一掀鐵手眼皮，端詳鐵手全身，即搖著嘆息，道：「完了，完了，年輕人好勇鬥狠，你這下子，傷得入了筋骨，至少也要躺兩三個月，才能復原一半，要不是看你骨骼強健，神定氣足，恐怕不一定能活呢——」

話未說完，樓大恐、彭七勒、王命君已三面包抄，到了唐肯背後，面向鐵手。唐肯立時警覺，沉住了臉。

彭七勒怪笑道：「好哇，鐵手，你倒有今日！」

樓大恐道：「你都把我們逼苦了，看今天我不——」

忽聽樓裡一個食客一拍桌子，叱道：「三個不知好歹的小賊，鐵二爺放你一馬，還囉嗦什麼！」

另一個食客也抓起桌上的長布包，走了過來，道：「鐵二爺雖然受傷，但我們素來敬重二爺爲人，決不容你們放肆！」

食館裡大部分食客都相繼起哄；原來這鎮上多的是武林中人，大都對「四大名捕」十分欽儀，或多或少曾間接受過他們四人的恩義，而今是鐵手身負重傷，面臨危難，會武功的都有意拔刀相助。

王命君笑嘻嘻地道：「哦？原來是打抱不平來的，真是不打不相識，歡迎，歡迎，幸會，幸會。」

鐵手心裡卻暗暗叫苦：王命君這三人武功雖然跟他相去甚遠，但比起一般武林人物，卻又高出許多，這食館裡的武林人，都是非常平庸的腳色，怎會是這三個惡徒之敵呢？何況王命君手上還有「三寶葫蘆」，萬一打鬥起來，傷亡必眾，鐵手自度個人生死並無大礙，但決不忍這些古道熱腸的漢子送命，心中大急。

王命君已在解開包袱，食館裡四、五名武林中人也圍了上來，人一多，膽便壯，彭七勒道：「今日我們要報仇雪恨，不關事的爬開！」四、五名武林人互覷一眼，誰也都不走開。

樓大恐一把推開潘大夫，面對唐肯，粗聲問道：「你是什麼東西？」

唐肯正待拔刀答話，鐵手忽道：「三師弟。」

唐肯一怔。王命君、樓大恐、彭七勒更是震住當堂。

鐵手從容不迫的道：「這三個給臉不要臉的人，你拿他們怎麼整治？」

唐肯一時不知如何回答。鐵手嘆道：「要不是咱哥兒倆還有要事在身，倒真要煩三弟你一人送他們一腳，好叫他們早些兒到閻王爺那兒報到！」

唐肯只答：「是。」點了點頭。

彭七勒、樓大恐、王命君都開始一步步往後退。彭七勒率先飛退，樓大恐和王命君也跟著沒命的跑，跑出了店門，再遠離了小鎮，彭七勒這才扶樹喘息道：「媽呀，原來……原來……追命也也……也來……來了……」

王命君也道：「你看他那一雙腳，在進店裡來的時候，多有勁，我就知道他決不好惹，他一進來，就……」

突然住了口。樓大恐和彭七勒齊聲問：「怎麼？」

王命君喃喃自語道：「不對啊！」

彭七勒搔搔頭皮：「有什麼不對了？」

王命君道：「他走進來的時候，叫的是『二哥』，而不是『二師兄』……」

彭七勒爲之氣結地道：「那有什麼？鐵手也曾叫了他一聲『三弟』……」

語音一變，陡然叫道：「不對，不對，江湖上傳言，『四大名捕』中，無情是大師兄，鐵手排二，追命行三，冷血列第四，其實是以入門先後爲準，要論年紀，追命最長，鐵手次之，最年輕的是冷血。剛才那個人，粗眉大眼，滿臉髯碴子，但看去絕對還要比鐵手年輕……不可能是追命！」

王命君沉吟道：「便是。」

這次到樓大恐比較懷疑，「會不會是追命外表年輕過人……」

「怎會？追命歷盡風霜，滄桑風塵……」王命君道：「我們都上當了！」

樓大恐怒道：「我們折回去，殺了他——！」

王命君望了望天色，時已近暮，他咬牙切齒的道：「回去是回去，不過只捎住他，先別動手，這次摸清了底兒，半夜才下手，決不教他活著離開思恩鎮！」

王命君等三人甫離「安順棧」，鐵手立即臉色慘白，撫胸搖搖欲墜，他顧得用內功發送退敵，已無法以內力壓住傷痛，一時天旋地轉，幾要跌倒，食館裡的人都圍觀問候，唐肯情急地道：「鐵二哥，都是我不好，害你……」

鐵手苦笑道：「我沒事，休息一會就好，」他喘了一口氣，向圍觀的人抱拳道：「諸位仗義相助，在下感激不盡。」

其中一名武林人收起了刀，也拱手為禮道：「不必客氣，四大名捕聲名遠播，替天行道，我們皆欽服萬分，今日有幸得見，已感殊榮。」

另一名武林人卻關懷地道：「鐵二爺沒什麼事罷……敢情這位是追命三爺了？」

唐肯不知如何回答是好。鐵手見這些人意誠，明知不智，但亦不忍相欺，便道：「他是我新結義兄弟，姓唐名肯，適才因為急於退敵，不得已借用了三師弟名號，請諸位見諒。」

眾人這才明白，見鐵手居然道出真相，不怕對頭再來侵犯，此種作為，十分誠懇信任，都很感動，那潘大夫也聽過「四大名捕」的名號，已開了張藥方，趨近道：「老夫適才不知是鐵二爺，一時多口，誤了大事，請二爺勿怪。二爺身受重傷，定必是爲鋤奸去惡而不惜身，這一張方子，雖不能立時見效，但對療傷去瘀，特別有幫助，二爺如不嫌棄，我就獻上這一帖方子……」說著把藥方雙手遞去。

豈料鐵手尙未接過藥方，已給一人搶去，那人道：「單是方子又有何用？得變成藥才行！我去抓藥，馬上回來！」

鐵手見這裡的人這般熱誠，甚爲感動，這幾日人身上所受的苦楚，彷彿都有了補償，鐵手哽咽地道：「諸位，今日各位的大恩，容鐵某人他日再報，此地在下恐不能久留，就此別過——」

那最先挺身而出的武林人忽沉聲道：「二爺，你現在離去，恐怕有點不妥。」

立即有人問他：「怎麼說？二爺留在這兒，不怕那三個惡人又來尋仇麼？」

那武林人道：「那三個人，以爲是追命三爺也來了，想必不敢回頭，我們這兒的人，吃的是江湖飯，走的是武林路，誰也不說出去，便沒有人知道，究竟追命三爺在不在這兒、鐵手二爺在不在這兒了！」

聽的人都說「是呀！」「對！」「照啊！」只有鐵手在眾人嚷了之後，問了一句：「卻是爲何不宜離開這裡？」

那人湊近鐵手耳畔，低聲道：「剛才，鎮裡來了一批官差，在大街小巷搜查，聯同本地衙差，如臨大敵按家搜索，找的是——」他把聲音壓得更低：「好像就是鐵二爺您！」

鐵手一震。

唐肯失聲道：「官府的人找上來了。」

鐵手點頭道：「來的好快。」轉首向眾人道：「今日的事，多謝諸位援手，諸位跟我鐵某人以前素未謀面，鐵某也不知諸位尊姓大名，恩藏於心，就此別過，諸位，請——」

他這一番措辭，在場誰都聽得出來，是不想連累今天在場救援的人，這些人雖是熱血好漢，一聽跟官衙沾上了邊兒，雖不知原委，亦知鐵手肯定是冤枉的，但誰也不敢與官府爲敵，紛紛道：「二爺保重，就此別過。」

眾人相繼離開，那人也抱拳道：「兩位，請忍一忍，留在這兒，此時出去，必跟外面的官差撞上，願二爺命大福大，他日有緣再相見。」說罷也行了出去。

這時眾人一一都已離去，食館裡甚是冷清，唐肯扶著鐵手，四顧悽然，那老掌櫃道：「鐵二爺，老夫也聽說過您的俠名，您要是不嫌窄陋，就留在這兒過一宵再說，我決不說二爺在這兒，二爺也不必提我事先知情，這便兩相皆便，不知意下如何？」

鐵手知道這老掌櫃敢冒大不韙留自己在此過宿，已是十分難得，眼下這般出去，無疑自投羅網，並害了唐肯，而且自己也需運功療傷，眼下別無選擇，便道：「老丈美意，在下銘感五中，蒙您讓我們棲身一晚，若有意外，決不牽連老丈貴號。」

老掌櫃笑道：「如此甚好。」即囑夥計帶兩人上樓入房。

三人走到一半樓梯，忽聽豁瑯瑯、璫啦啦一陣連響，十七、八名衙役提著鎖鏈、鐐銬，衝了進來。

鐵手乍聞鐵鏈碰撞之聲，已然驚心動魄。只聽爲首一個衙役大聲喝問：「李知軍事、李知監事有令，抓拿朝廷欽犯鐵游夏，」向老掌櫃喝問道：「可有見到些什麼陌生臉孔?!」

鐵手暗忖：嘿，李福、李慧這兩個「牆邊草」，倒是水鬼陞城隍，成了知監和知軍去了，這年頭真是壞人當令。

老掌櫃期期艾艾，唐肯當先一步，擋在鐵手身前，拔刀叱道：「鐵大人忠肝義膽，義薄雲天，誰要拿他，先殺了我唐肯！」

那捕頭抬頭望了望唐肯，轉頭問身旁的同伴：「上頭下令抓的，有沒有唐肯這個人？」

一名衙役即答：「報大捕頭，沒有這號人物。」

那「大捕頭」道：「既然沒有這個字號，咱們該不該抓？」

一名衙役答道：「既不在名單上，咱們就少惹一事好了。」

另一名衙役答：「常言道：『小心天下去得，魯莽寸步難行』，咱們吃公門飯的，多得罪個朋友，不如少結個敵人。」

鐵手的眼睛發了光：最後一個說話的衙差，便是剛才那位仗義抱不平的大漢，只是換了件衣裳，敢情他是便裝來食館查探的，而今再換上官服。

「大捕頭」撫鬚道：「那麼說，這人我們就不用管他了。」又道：「他後面是誰呀？怎麼我看不清楚。」

一名衙差舉手在眼上張了張，道：「報大捕頭，那人後面，我看不見有人。」

那名漢子衙役道：「對，我也看不到有人，你們看不看得見呀？」

大家都哄然答道：「看不見，沒有人。」

大捕頭滿意地道：「既然你們都說沒有人，我老眼昏花，自然也看不到什麼人了，那麼，這兒已經搜查過了，那班來自京城的軍爺們，就可以免搜這兒啦，回去只要咱們都說一聲『看不見有可疑的人』，省事得多了。兄弟們，咱們打道回衙吧！」

眾人，「哇」地吆了一聲，一行人威風凜凜的行出了食館，臨去前，在門階上，那漢子回頭一笑，還抱了拳，交了包藥材，塞到老掌櫃手裡，向鐵手遙遙指了一指，掀開簾子，大步行了出去。

唐肯本橫刀，要誓死維護鐵手而戰，現在瞧得如在五里霧中，詫道：「這……這是怎麼一回事呀。」回首只見鐵手熱淚盈眶，左手緊緊抓住扶梯，更奇道：

「他們……？」

鐵手情懷激蕩，深吸一口氣，道：「他們……在成全我。」

老掌櫃搖搖頭，嘆道：「他們都聽過鐵二爺的俠名，故意裝沒見到，前來查店，用意無非是他們先查過了，那些城裡派來的軍爺可就不必再來查一次了……這鎮上的衙差，平時作威作福，但良心眼兒倒好的。」

鐵手知道這些衙差爲了維護自己，可能要冒上極大的罪名，心中感動，但也警惕起來，知道李福、李慧等帶兵搜查這裡，自己的行藏決不能洩露，以免連累他人。

老掌櫃道：「您還是隨小盛子上去吧。我把這藥煎好了，再送上給您用。」

鐵手和唐肯到了房中，掌櫃細心周到，再叫人送了飯菜上來，鐵手振起精神，吃了一些，便運功調息，唐肯打醒精神，替他護法。

鐵手內力，十分深厚，他跟追命都是帶藝投師，他的武功，一向都是順序而習，投入諸葛門下之後，諸葛先生看出他天生異稟，也把內力悉盡相傳；內功是諸葛先生武功最高修爲，是以鐵手的武功，也比無情、追命、冷血都強，只不過鐵手既專注於內功，腿功就不如追命、劍法亦不及冷血，至於暗器、輕功和聰明機敏，亦不如無情。

鐵手輕摩七大要穴，漸次溫熱，中指按摩正、反穴各二十四圈，中丹田三開合，重複數次，再作三回噓息。右手外側勞宮穴置於百合，左掌壓於右足湧泉穴，反轉百圈，七按五吐，內息綿長，正轉反旋，氣流丹田往還，漸入佳境。

不知不覺，已近初更，忽然屋瓦「喀」的一響，鐵手已有醒覺，但唐肯近日過勞，手按刀柄，伏在桌上瞌著了，燭火猶自未熄。

請續看中卷《紅顏》

風雲精選武俠經典　編為臥龍生精品集

天龍甲

臥龍生—著

臥龍生與司馬翎、諸葛青雲並稱台灣俠壇的「三劍客」
台灣武俠小說界，臥龍生獨領風騷被稱為「台灣武俠泰斗」
臥龍生是台灣著名武俠小說作家，也是海外新派武俠小說家一員

為了奪取江湖至寶天龍甲，號稱武林四大凶煞的鬼刀馬鵬、妙手高空、暗箭王傑、毒花柳媚，竟聯手挾持璇璣堡少堡主莊璇璣，迫使其父河洛大俠交出天龍甲。鬼刀馬鵬的鬼刀十分神秘。沒有人看到過他身上帶刀，因為，看到過他出刀的人，都已經死了。妙手高空是江湖著名的扒竊高手，手法已達出神入化，輕功更是一絕。暗箭王傑一身暗器，卻從無人看出他暗器藏在何處。毒花柳媚嬌美動人，然而死在她手中的人，不會比鬼刀、暗箭少。江湖上四大凶煞為何齊聚一堂，並甘願接受一紅袍大漢所給的密函指使，前往璇璣堡取天龍甲？
天龍甲又稱天蠶衣，據說可避刀槍。而這件武林寶衣，正在璇璣堡主莊冠宇手中。不料，這卻是莊璇璣以自己為誘餌所設下的計中計，因為，她打算帶領四大凶煞，陪她一探江湖新興的龐大秘密組織「活人塚」……

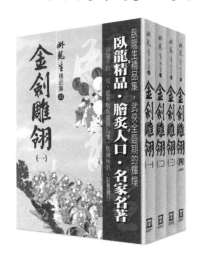

【武俠經典新版】四大名捕系列

四大名捕逆水寒（上）背叛

作者：溫瑞安
發行人：陳曉林
出版所：風雲時代出版股份有限公司
地址：10576台北市民生東路五段178號7樓之3
電話：(02) 2756-0949
傳真：(02) 2765-3799
執行主編：劉宇青
美術設計：許惠芳
行銷企劃：林安莉
業務總監：張瑋鳳

初版日期：2021年06月新版一刷
版權授權：溫瑞安
ISBN：978-986-352-939-2
風雲書網：http://www.eastbooks.com.tw
官方部落格：http://eastbooks.pixnet.net/blog
Facebook：http://www.facebook.com/h7560949
E-mail：h7560949@ms15.hinet.net
劃撥帳號：12043291
戶名：風雲時代出版股份有限公司
風雲發行所：33373桃園市龜山區公西村2鄰復興街304巷96號
電話：(03) 318-1378
傳真：(03) 318-1378
法律顧問：永然法律事務所 李永然律師
北辰著作權事務所 蕭雄淋律師
行政院新聞局局版台業字第3595號 營利事業統一編號22759935

國家圖書館出版品預行編目資料

四大名捕逆水寒（上）／溫瑞安 著. -- 臺北市：風雲時代，2021.02- 冊；公分

ISBN 978-986-352-939-2（上冊：平裝）

1.武俠小說

857.9　109019979